전업주부의 자기 계발,
무한도전

———

대한민국
아줌마,
겁날 게 뭐 있어!

대한민국 아줌마, 겁날 게 뭐 있어!

초판인쇄	2020년 11월 25일
초판발행	2020년 12월 04일

지은이	한수정
발행인	조현수
펴낸곳	도서출판 더로드
마케팅	최관호
IT 마케팅	조용재 백소영
교정교열	권현덕
디자인 디렉터	오종국 Design CREO

ADD	경기도 고양시 일산동구 백석2동 1301-2 넥스빌오피스텔 704호
전화	031-925-5366~7
팩스	031-925-5368
이메일	provence70@naver.com
등록번호	제2015-000135호
등록	2015년 06월 18일
ISBN	979-11-6338-120-4-03810

정가 15,000원

전업주부의 자기 계발,
무한도전

———

대한민국
아 줌마,
겁날 게
뭐 있어!

한수정 지음

도서
출판 더 로드
The Road Books

"자기계발을 하며 마음이 단단해졌다"

자기 계발에 목말라 있는 사람이 많은 요즘이다. 베스트셀러에 이름을 올린 책 중, 자기 계발서가 많이 보이는 것을 봐도 알 수 있다. 바쁜 회사 생활을 하면서도 영어, 중국어 등을 배우거나 출근 전, 퇴근 후 운동을 하는 사람도 있다. 그마저도 여의치 않으면 자투리 시간에 독서라도 하고자 한다. 정신없이 바쁜 일상 속에서 잃어가는 자아를 찾고 싶어서가 아닐까 생각한다.

자기 계발이라고 하면 엄두조차 내지 못하는 사람이 있다. 시작조차 하지 못하고 망설이기도 한다. 도전하기 쉽지 않은 특별하고 대단한 무언가를 해야 한다고 생각하기 때문이다.

특히 전업주부는 자기 계발에 도전하기를 더 망설이는 것 같다. 생각을 바꿔 보면, 지금 하고 있는 것이 자기 계발의 대상이 될 수 있다. 이 세상에 처음부터 육아에 고수인 사람이 있을까. 밤새 우는 아이를 안고 진땀을 흘리다 보니 우는 이유를 알게 되었다. 기저귀를 처음부터 능수능란하게 갈았던 것이 아니다. 처음으로 아이 기저귀를 갈던 그 때가 생생하게 기억난다. 나뭇가지처럼 가는 다리가 부러질까봐 가슴 졸았다. 기저귀 가는 것이 겁나 아이가 오줌, 똥을 자주 싸지 않았으면 좋겠다고 생각할 정도였다. 처음에는 모유수유도 힘들었지만 밤새 씨름한 끝에 모유수유에 성공했다. 요리를 전혀 할 줄 모르던 내가 아이 이유식을 만들었다. 매끼마다 아이를 위해 뚝딱 요리를 하고 있다. 아이를 키우며 인내심이 커졌다. 엄마는 용감하다고 했던가, 용기가 생겼다. 육아를 하다 보니 할 줄 알게 된 것이 많다. 내면도 성장했다. 육아, 이 보다 더 값진 자기 계발이 있을까.

경력이 단절된 채 전업 주부의 삶을 살고 있는 주변 사람들이 나에게 종종 이야기했다. 자아를 잃어가는 기분에 허무하고 슬프다고. 나도 그런 기분이 들기도 했지만 오래 가지 않았다. 전업주부가 된 이후로 나만의 자기 계발을 해왔기 때문이다.

나에게 자기 계발은 거창한 것이 아니었다. 대단한 성과가 따르는 것이 아니어도 괜찮았다. 내가 몰두할 수 있고 열정을 가질 수 있는 건 무엇이든 자기 계발이라 생각했다. 결과에 상관없이 도전하는 과정에서 즐길 수 있고 성취감을 느끼는 건 무엇이든 자기 계발의 대상이었다.

이 책을 읽다보면 뿌듯함을 느꼈다는 말이 자주 나올 것이다. 뿌듯함이라는 감정은 자기만족이 되었을 때 느끼는 감정이다. 자만하지 않되, 자기만족을 느끼는 건 중요하다. 자기만족을 느끼면 살아갈 힘을 얻는다. 그 힘을 넘어 긍정의 힘도 얻을 수 있다.

현실육아를 자기 계발의 대상으로 생각했다. 육아를 시작으로 체력 계발에 노력했다. 필라테스와 등산을 하며 체력을 얻었다. 육아에서 피로감이 느껴지기 시작할 때 쯤 자격증 취득에 도전했다. 당시 관심분야 자격증이었다. 자격증 공부를 위해 먼 거리를 갈 필요 없었다. 집 앞 청소년 수련관 수업을 듣거나 온라인 강의를 들었다. 아이가 학교에 간 동안 두, 세 시간 씩 꾸준히 몇 달 집중하면 취득 가능한 자격증이었다.

두 아이가 한국사에 관심이 많았을 때에는, 역사무식자인 내가 아이와 함께 역사에 관련된 대화를 하고 싶어 역사지도사자격증에 도전했다. 사춘기 아이의 심리를 이해해 주고 싶었을 때에는, 심리상담사 자격증에 도전했다. 언젠가 영어를 가르치고 싶은 마음에 테솔 자격증을 땄다.

자격증 공부를 하며 다양한 지식을 얻게 되었다. 무엇이든 도전하면 해낼 수 있겠다는 자신감이 생겼다. 자신감이 생기면서 자존감도 높아졌다.

아들 둘 키우며 힘들고 정신없지만 돌이켜 보면 피식 웃음 나는 일상을 일기로 적었다. 2년 넘게 꾸준히 썼다. 시도 썼다. 몇 년 동안 썼던 글을 담아 책 한권을 썼다. 글쓰기를 하며 약했던 마음이 강해졌다.

8년 전 직장을 그만두고 전업주부가 된 이후 꾸준히 자기 계발을 하고 있다. 내 상황에서 쉽게 도전할 수 있는 자기 계발 영역을 찾아서 쉬지 않고 도전하고 있다. 덕분에 특별할 게 없는 평범한 전업주부의 삶이지만 즐겁다.

자기계발을 하며 마음이 단단해졌다. 적성에 맞지 않는 직장생활을 하며 무너졌던 자존감이 회복되고 자신감이 생겼다. 앞으로 살아가면서 겪게 될 어려움 때문에 흔들리고 휘청거리더라도 결국은 이겨낼 수 있을 것 같다.

이 책을 통해 전업주부의 끝없는 도전, 나만의 자기 계발 이야기를 들려주려 한다. 자기 계발에 목말라 있지만, 시작도 못하고 있는 사람들에게 무엇이든 도전하라고 말하고 싶다.

요즘에는 번 아웃 된 사람이 많다는 기사를 본 적이 있다. '번 아웃 증후군'이라는 말도 생겼다. 의욕적으로 일에 몰두하던 사람이 극도의 신체적, 정신적 피로감을 호소하며 무기력해지는 현상이다. 나와 가장 가까운 사람, 남편이 그랬다. 번 아웃 된 것 같다는 이야기를 자주 했다. 정신없는 일상 속에서 번 아웃 된 누군가, 인생이 허무하고 우울한 누군가, 삶이 지루하거나 무료하다고 느껴지는 누군가, 새로운 무언가에 도전해 보고 싶은데 망설이는 누군가가 자기만의 자기 계발 대상을 찾아 삶의 활력을 찾기를 바란다.

특히 육아에 전념하며 자신을 잃어가는 기분에 상실감을 느끼는 전업주부도 어려워말고 자기 계발에 도전했으면 좋겠다. 무엇이든 자기 계발의 대상이 될 수 있으니, 주변에서 쉽게 할 수 있는 것부터 찾아 시작해 보면 된다. 자기 계발을 통해 자기만족을 넘어 긍정의 힘을 얻었으면 좋겠다. 평범한 일상 속 행복을 찾을 수 있을 것이다.

2020년 가을에...

지은이 **한수정**

이 책을 통해 전업주부의
끝없는 도전,
나만의 자기 계발 이야기를
들려주려 한다.

Contents | **차례**

02
Chapter

03
Chapter

제3장
전업주부의 체력 계발 __ 113

05
Chapter

전업주부의 자기 계발,
무한도전

Chapter

01

자아를 찾은 인생의
터닝 포인트,
전업 주부가 되다

Chapter 01

전업주부 예행연습이라 생각했던
휴직기간 중 6개월을 자격증 준비에 매달렸다.
반년이라는 시간이 빠르게 지나갔다.

01

매일 퇴직을
꿈꾸다

취업난이 심각하다는 요즘이다. 2000년 초반 내가 대학을 다니던 시절에도 취업난이 있었다. 취업은 어렵다고만 생각했던 그 시절, 나는 대학 졸업을 앞두고 당시 국내은행에 취직했다. 벅차도록 감사한 일이었다. 기분 좋은 두근거림이 계속 되었다. 자꾸만 미소가 새어나왔다. 커리어 우먼이 된 나의 모습이 기대되었다. 하지만 현실은 달랐다.

은행원이 되기를 꿈꿔왔던 건 아니었다. 대학에서 통계 전공, 경영 부전공을 하면서 방학 때 몇 번 외국계 은행에서 인턴으로 일했다. 그 과정에서 금융업에 관심이 생겨 취업 준비를 금융권으로 했다. 인턴으로 잠깐 외국계 은행에서 일했던 것과 국내은행 공채로 입사해 일하는 건 달랐다. 한마디로 적성에 맞지 않았다. 지점마다 달랐지만, 대체로 보수적인 분위기였다. 첫 지점에서의 기억은 분위기부터 업무까지 모든 것이 다 상처로 남아있다.

입사 직후, 출납업무를 맡았던 때였다. 당시 입었던 동복 유니폼은 불편했다. 함성섬유 재질의 블라우스 위에 얇은 니트 재질 조끼를 입고 그 위에 재킷을 입었다. 무거운 돈 묶음을 들고 왔다 갔다 하다 보니 한 겨울인데도 더웠다. 땀이 잘 나지 않는 채질인데도 땀이 났다. 불편하고 더워서 재킷과 조끼를 벗었다. 치마 속으로 넣었던 블라우스를 밖으로 꺼내고 소매를 걷었다. 한결 편하고 시원했다. 정리한 돈 묶음을 금고로 가져가 넣고 있던 중이었다. 여자 과장님이 와서 말했다.

"수정아, 조끼까지 벗고 있는 건 좀 보기 안 좋다. 조끼는 입어라."
"네?"

영업시간도 아니었다. 과장님 보기에 안 좋다고 조끼를 다시 입으라니. 당황스러웠다. 아무 말 못하고 멍하게 서 있었다.

"지금 네가 조끼 벗고 있는 건, 좀 수치스러운 느낌이야. 헐벗고 있는 느낌."
"네. 입을게요."

어이가 없었다. 금고를 나와 조끼를 입으러 가는데 눈물이 핑 돌았다.

나는 당시에도 패션에 대한 욕구가 있었다. 출근하면 바로 유니폼으로 갈아입을 텐데 아침마다 한참 고민하여 옷을 골라 입었다. 출근 후 옷을 갈아입기 전 마주친 직원들이 한마디씩 했다.

"너무 튀는 거 아니니?"
"어차피 옷 갈아입을 건데 뭐 하러 그러고 오니?"
"오늘 어디 좋은데 가나 봐?"

사복 입은 모습을 볼 때마다 한 마디씩 하니 부담스러웠다. 지점 내에서 잦은 실수로 주눅이 들어 있었다. 실수도 많이 하고 일도 제대로 못하면서 화려하게 입고 다닌다고 수근 대는 것만 같았다. 불편한 마음에 아예 유니폼을 입고 출퇴근을 했던 적도 있다.

지점을 이동하고 나서는 그런 분위기가 덜해 자유롭게 옷을 입고 출퇴근 했지만, 첫 지점에서 겪은 일들이 오래도록 상처로 남았다.

은행원이 되기 전까지는 내가 꼼꼼한 성격인 줄 알았다. 아니었다. 사소한 일처리 하나하나 내규에 맞게 해야 하는데, 그게 왜 그렇게 어려웠는지 모르겠다. 입사 전, 은행 ATM 기계로 입출금만 해보던 나에게 업무에서 사용하는 용어마저 생소했다.

입사하고 처음에 출납이라는 업무를 맡았다. 영업시간 시작부터 마감까지 CD기나 ATM기 그리고 각 창구에서 거래가 일어난 현금을 맞추고 마감하는 업무였다. 창구 개시부터 마감까지 들어오고 나간 돈이 맞으면 지점 전체 현금을 마감하는 일이었다. 단순해 보이는 일인데, 시재, 현금이 맞지 않는 날이 많았다. 이유는 아직까지도 잘 모르겠다.

"과장님, 차장님. 시재가 안 맞아요."
"또?"

시재가 맞지 않으면, 맞지 않는 원인을 찾을 때까지 전 직원이 퇴근하지 못했다. 부담스럽고 죄 지은 기분이었다. 죄인이 된 기분을 처음 느껴봤다. 자존감이 바닥까지 떨어졌다. 한번, 두 번 실수하다 보니 자신감을 잃었다. 주눅이 든 채 6개월 간 맡았던 출납 업무를 후임에게 물려주고 창구로 나왔다.

창구에서 손님을 상대하는 건 재미있었다. 이런 저런 이야기를 나누며 업무 처리를 하는 건, 온 종일 후선에서 돈만 세고 있는 업무보다 재미있었다. 고객들과 대화를 하며 은행에서 판매하는 펀드나 보험 가입을 자연스레 권유하게 되었고 실적으로 이뤄질 때도 많았다.

"10만원을 그냥 입출금 통장에 넣어 놓으면 흐지부지 써버리게 되는 돈이잖아요. 그 돈 그냥 10년 납으로 잊고 있으면 목돈이 되니 얼마나 좋아요."

실적은 언제나 지점 내 1,2위를 차지했다.

"한 주임은 업무처리 하면서 손님하고 가볍게 대화하는 것 같은데 어느 새 보면 손님이 상품 가입신청서를 작성하고 있어요."

옆자리의 주임이 신기하다며 말했다. 상품판매가 은행 생활하며 유일하게 잘 할 수 있는 일이었다. 그 외에 대출 업무, 외환 업무 등 내규가 까다로울수록 잦은 실수를 했다. 은행에서 사소한 실수는 민원으로 이어질 때가 있었다. 고객만족을 강조하는 은행 내에서 민원이 들어온다는 것은 큰일이었다.

평소의 나라면 아무렇지 않게 할 수 있는 일도 자신감을 잃다보니 어렵게 느껴졌다. 실수하지 않을 법한 일에도 자꾸만 실수를 했다. 민감해지기 쉬운 돈과 사람을 상대하는 일이다 보니, 점점 소심해지고 예민해졌다. 아침에 눈 뜨는 게 괴로웠다. 마음 한구석이 답답했다.

"한주임."

누가 나를 부르면 가슴이 철렁했다. 또 무슨 실수를 했을까 봐. 뭔가 잘못 됐을까 봐.

그만둬야겠다는 생각이 들었다. 당장 은행을 때려 치고 싶었다. 매일 퇴직을 꿈꿨다. 하지만 실행에 옮기지 못했다. 변화와 새로운 도전을 두려워하는 겁쟁이였다. 자존감도 자신감도 잃은 채, 사표는 마음에만 품고 하루살이처럼 버티며 지냈다.

어릴 적 다양했던 꿈을 잊은 채 살았다. 20대 중반이었던 나는 빨리 좋은 사람을 만나서 결혼하고 전업주부가 되고 싶었다. 전업주부가 되면 은행을 그만두는 것에 정당한 명분이 될 거라고 생각했다. 전업주부가 장래희망이 되다니, 웃기고도 슬픈 현실이었다.

02

육아휴직, 전업주부
예행연습

내 나이 스물여섯, 찬바람 불기 시작하던 늦가을 어느 날 지인 소개로 남편을 만났다. 첫 만남 그날따라 길이 막혀 약속시간을 훌쩍 넘기고 도착했다. 오랜 시간을 기다려 짜증이 났을 법도 한데 싫은 티 내지 않고 미소 지어 주던 그의 첫인상이 좋았다. 자상한 그와 만나 알콩달콩 연애하고 결혼하기까지 1년이 걸렸다.

결혼 한지 삼 개월 만에 첫 아이를 임신했다. 결혼 전에는 금방 임신할 계획이 아니었다. 먼저 결혼한 쌍둥이 언니가 나의 결혼식이 있기 두 달 전에 임신 소식을 전했다. 언니의 임신 소식에 뭉클하고 가슴이 벅찼다. 그 뭉클함이 내 생각을 바꿨다.

임신 3개월에 육아휴직을 했다. 지점장님이 휴직을 너무 서두르는 거 아니냐 했지만 이유가 있었다. 큰 아이 임신 전에 자연유산을 했다. 평소 일하며 스트레스를 많이 받았던 터라 또 유산을 하게 될까 봐 걱정이 되어 서둘러 휴직했다. 아직 배가 나오지 않아 말하지 않으면 임산부인지 아무도 모를 그 모습으로 말이다.

대학 졸업과 동시에 은행에 입사했다. 휴직하기까지 5년 가까이 매일 바쁘게 살았다. 고요한 공간에서 혼자 휴식을 취할 시간이 거의 없었다. 휴직 첫날, 출근하는 남편을 배웅하고 혼자 집에 있는데 어색했다. 아침을 먹지 않아 설거지 할 것이 없었다. 침구를 정리하고 청소기를 돌렸다. 세탁기에 빨래를 넣고 돌렸다. 청소, 빨래를 다했는데 정오도 안 된 시간이었다. 재깍재깍 시계 바늘 움직이는 소리만 들렸다. 뭘 해야 할지 모르고 멍하게 소파에 앉아 있었다. 지루함을 참지 못하고 근처 친정으로 갔다. 점심을 차리던 엄마가 말했다.

"출산하려면 아직 한참 남았는데 왜 벌써 휴직을 했어?"
"유산할까 봐 걱정되고 불안해서 그랬어."
"그래도 시간이 너무 아깝다. 뭐라도 해 봐."

유산 경험으로 겁이 나서 일찍 쉬려고 한 건데, 시간이 아깝다니. 서운한 마음이 들었다.

휴직 둘째 날이 되었다. 아침에 일어나 출근하는 남편을 배웅하고 다시 침대에 누웠다. 아직 납작한 배를 만지작거리며 꽤 오랜 시간

동안 천정을 응시했다. 할 게 없었다. 누구라도 만날까 싶어 핸드폰 속 연락처를 훑었다. 다들 출근할 시간이니 만날 사람도 없었다.

전날 청소기를 돌려서 바닥은 깨끗했다. 쌓인 빨래도 없었다. 나 혼자 있으니 밥을 해서 먹어야겠다는 생각도 못했다. 할 일이 없었다. 지루했다. 심심했다.

아이 출산까지 7개월 남았는데 무료한 시간을 어떻게 보내야 할지 막막했다. 다른 사람의 시간은 바쁘게 흘러가는데 내 시간만 멈춘 느낌이었다. 갑자기 불안했다. 휴직 전까지 아무것도 하지 않고 쉴 수만 있다면 얼마나 좋을까 생각했었다. 막상 쉬게 되니 이틀 만에 불안해졌다. 시간이 아깝다는 엄마 말이 그제 서야 공감 갔다.

출산 전 휴직기간동안 뭘 하면 좋을지 고민했다. 당장 하고 싶을 만큼 크게 관심 있는 것이 없었다. 공부가 제일 쉬었다는 말이 있다. 나 역시 그런 사람이었다. 시간을 들이고 노력을 쏟아 붓는 만큼 결과로 나타나는 공부가 좋겠다고 생각했다.

'시간도 많은데 CFP(국제공인재무설계사)공부나 해볼까?'

고민 끝에 공부하기로 결심했다. 자격증 학원을 검색해 보고 등록했다.

11월 시험 대비반이 개강을 며칠 앞두고 있었다. 당시 3월 말이었으니 몇 개월 공부하고 시험을 볼 계획이었다. 출산 예정일과 시험 날짜가 비슷했지만 우선 해보기로 했다.

CFP 자격시험은 AFPK(국제공인재무설계사(CFP)를 취득하기 위해 반드시 필요한 자격으로 한국 FP협회에서 인정한다)라는 자격증을 따야 볼 수 있는 시험이었다. 결혼 전 AFPK를 땄는데 바쁜 회사생활 때문에 CFP에 도전할 엄두를 못 내고 있었다.

3월부터 6개월 넘는 시간동안, 주말마다 아침부터 저녁까지 학원에서 강의를 들었다. 오랜 시간 앉아서 들어야 하는 수업이었지만 힘들지 않았다. 학원을 등록하는 순간 CFP라는 목표를 향해 달리기 시작했다.

수업 내용이 재미있었다. 특히 재무관련 수업이 그랬다. 일반 계산기로 한 번에 계산하기 어려운 문제를 재무계산기로 두드리면 값이 나왔다. 처음 재무계산기를 사용하여 답을 구해 냈을 때의 기분은 마치 내가 마법을 부리는 기분이었다.

출산 예정일은 10월이었다. 8월부터는 배가 무거워지고 자주 배가 뭉치기도 했지만 크게 신경 쓰지 않았다. 배를 슬슬 문지르며 뱃속 아이에게 말했다.

"밤톨아, 힘들지? 조금만 이해해줘. 엄마가 열심히 공부해서 꼭 자격증 합격할게."

그러고 나면 신기하게도 뭉쳤던 배가 스르르 풀리곤 했다.

주중에는 주말에 들었던 수업 내용을 공부했다. 이른 아침 남편이 출근하고 나면 바로 책상에 앉아 공부를 시작했다. 공부하다 보면 어느 새 해가 지고 남편이 퇴근해서 돌아왔다. 남편과 저녁을 먹고 운동 삼아 동네 한 바퀴를 돌면 하면 하루가 갔다. 매일 공부할 시간이 부족했다. 속절없이 흘러가는 시간이 야속했지만 그 만큼 더 소중하게 느껴졌다.

전업주부 예행연습이라 생각했던 휴직기간 중 6개월을 자격증 준비에 매달렸다. 반년이라는 시간이 빠르게 지나갔다.

03

심심할거고, 천만의 말씀

"잘 지내? 휴직 중인데 심심하지?"

"휴직 중인데 뭐하고 지내? 지루하진 않아?"

휴직 중에 친구나 지인으로부터 연락이 올 때면 심심하거나 지루하지 않은지 물어보았다. 천만의 말씀. 휴직기간 동안 나는 바빴다.

출산 전에는 시간이 넘쳤다. 하루 24시간 중 8시간을 잤다. 나머지 16시간은 온전히 나의 자유 시간이었다. 휴직 후 첫 이틀 동안은 할 일이 없었다. 무엇을 해야 할지 모르고 눈만 동그랗게 뜨고 끔벅이고 있었다. 그러다 보니 하루가 길게 느껴졌다. 멍하게 보내기에는 시간이 아깝다는 엄마의 잔소리에 정신을 차렸다. 바쁜 회사 생활 때문에 미뤘던 자격증에 도전하기로 했다. 엄마의 잔소리는 듣는 순간에는 짜증나지만, 지나고 보면 '진리'일 때가 많다.

공부를 시작하고 난 후부터는 시간이 부족하게 느껴졌다. 주말에는 아침 아홉시부터 여섯시까지 학원에 가서 강의를 들었다. 점심시간 한 시간 빼고 내내 강의를 듣고 앉아있다 보면, 다리가 퉁퉁 부어 코끼리 다리가 되곤 했다. 특히 만삭 때는 더했다. 그때 다리가 얼마나 부었던지 지금 보면 종아리 뒤쪽에 튼살이 있다.

강의가 끝나고 남편과 저녁을 먹고 나면 깜깜한 밤이었다. 아침저녁으로 학원에 태워다 주고 태우러 와 준 다정한 남편이었다. 주말이틀 내내 혼자 시간을 보내야하니 심심했을 텐데 싫은 내색 없이 응원해줬다. 남편 덕분에 더 열심히 공부할 수 있었다.

주중에 남편이 출근하고 나면 책상에 앉아 책을 폈다. 공부에 빠져 있다 보면 금방 점심시간이었다. 점심은 대충 때우고 다시 책상에 앉았다. 어느 새 노을 지기 시작하고 남편이 퇴근해 들어왔다. 하루가 눈 깜짝할 사이 지나갔다.

어릴 때부터 눈앞에 주어진 일은 성실하게 했다. 나의 유일한 장점이 성실함이라고 생각한다. 한번 목표가 정해지면, 그대로 직진. 누가 시키는 것도 아닌데 CFP 합격의 순간만을 기다리며 착실하게 공부했다.

일주일에 한 번 정도는 친구나 쌍둥이 언니를 만났다. 맛있는 것을 먹고 에너지를 충전했다. 남편과 분위기 좋은 곳에 가서 콧바람 쐬고 나면 마음이 뻥 뚫렸다. 복잡했던 머리가 맑아졌다. 스트레스가 없다고 생각하며 공부했지만, 나도 모르게 공부 스트레스가 쌓이긴 했나 보다.

충전된 에너지로, 말끔해진 머리로 책상 앞에 다시 앉아 공부했다. 쳇바퀴처럼 돌아가는 하루하루였지만 즐거웠다. 시험까지 D-100, 99, 98……. 시험 날만 생각하며 매일 열심히 보냈다. 내가 하고 싶은 공부를 하니 힘든 줄도 몰랐다. 불합격은 생각하지 않고 가슴 벅찰 합격의 순간만 떠올렸다. 그 상상이 내가 포기하지 않고 내내 달릴 수 있던 원동력이었다.

출산하고 일주일 후에 시험이었기 때문에 그 해 11월에 시험을 보지 못했다. 하지만 아쉬움 보다는 감사한 마음이 들었다. 6개월간 허송세월하지 않고 공부에 열중할 수 있어서, 소중한 나의 시간을 헛되이 보내지 않을 수 있어서 감사했다. 바닥 쳤던 자존감도 회복했다.

출산 전에는 자격증 공부하느라 바빴다면, 출산 후에는 육아와 자격증 공부를 병행하느라 정신없었다. 지루할 틈이 없었다.

산후 조리는 한 달이면 충분했다. 건강한 체력 덕분이었다. 큰 아이 건이가 순해서 잘 먹고 잘 잤다. 당시 건이는 목욕시키고 나면 저녁 다섯 시에 잠들어서 다음날 새벽 다섯 시에 일어났다. 중간 중간 밤중 수유를 하긴 했지만, 그 정도는 할만 했다. 순한 아이 덕분에 육아하며 자격증 공부까지 할 수 있었다.

출산 후 틈틈이 공부했다. 6개월 후인 3월 시험에 도전해 합격했다. 합격자 발표 날, 결과를 확인하고 건이를 안고 폴짝폴짝 뛰었다. 대학에 합격한 것만큼 기쁜 합격의 순간이었다.

자격증 시험에 합격하고 난 후 본격적인 육아에 돌입했다.

건이가 7개월 정도 되니 기어 다니고 보행기를 끌면서 온 집안을 휘젓고 다녔다. 서랍장에 있는 옷과 집에 있는 장난감은 다 꺼내 어질렀다. 전날 밤 말끔하게 정리해 놓아도 아침에 건이가 일어나면 금방 엉망이 되었다. 집이 난리가 나도 괜찮았다. 밤에 치우면 되니까. 아이를 사랑하는 마음만 가득했다. 건이는 떼를 쓰는 일이 거의 없었다. 항상 방긋 웃거나 까르르 웃었다. 그런 건이를 보고 친정엄마가 스마일 보이라고 불렀다. 지옥행 같은 복직이 기다리고 있어서였을까, 아이가 너무 예뻐서 그랬을까 아이와 놀다보면 시간이 훌쩍 지나가서 아까웠다.

건이는 이른 저녁에 잠들어 열 두 시간 씩 잤다. 일어난 건이와 잠깐 놀다가 이유식을 만들어 먹이면 오전이 금방 갔다. 조금 놀다보면 어느 새 점심시간이었다. 점심 이유식을 만들어 먹이고 나면 낮잠을 잤다. 낮잠도 한번 자면 세 시간을 잤다. 나도 같이 낮잠 자고 일어나면 늦은 오후였다. 아이와 놀다 보면 남편이 퇴근해서 왔다.

남편이 바쁘지 않았을 때라 저녁 먹기 전에 퇴근해서 왔다. 퇴근해서 온 남편과 간단히 짐을 싸 근처 공원에 가서 놀다오기도 했다. 순하고 밝은 아이 덕분에 행복했다. 육아가 전쟁이라더니 나에게는 은행 생활 전쟁 중 잠시 주어진 휴전 같은 시간이었다.

04

드디어!
회사를 퇴직하다

　　　　　복직 후 나의 삶은 우울했다. 가지 말라며 우는 아이를 억지로 떼어 놓고 아침 일찍 나가 늦은 저녁 퇴근하는 일은 괴로운 일이었다. 그것만으로도 힘든데 적성에 맞지 않는 일을 해야 하니 몸과 마음이 고통스러웠다. 그나마 건이 낳고 복직했을 때는 제일 친한 동기 언니와 같은 지점으로 발령 받아 짧은 점심시간 언니와 회포를 풀며 버텼다.

　둘째 준이 낳고 휴직 기간 중에 제주도에서 공중보건의 하던 남편을 따라 제주도로 내려가서 살았다. 휴직기간이 끝날 무렵, 은행에 복직해야할지 머리카락 빠지게 고민했다. 부모님은 복직하라고 했다. 남편은 내 뜻대로 하라고 했다.

　"네가 힘들어 할 게 뻔히 보여. 그만두는 게 좋을 것 같은데 이대로 그만 둬서 미련이 남을 것 같으면 복직해."

당시 나는 변화를 두려워했다. 다니던 회사를 그만두면 큰일 나는 줄 알았다. 그때까지도 스스로 결정하지 못하는 바보였다. 부모님 말씀을 따르지 않으면 안 되는 줄 알았다. 부모님은 힘들 게 입사한 은행을 오래도록 다니기를 바라셨다. 결국 부모님 뜻에 따랐다. 괴로울 게 뻔했지만 복직하기로 결정했다.

제주도에서 은행생활은 걱정 이상이었다. 여전히 일은 적성에 맞지 않았고, 지점 내 텃세가 느껴지는 일까지 많았다. 서울에서 온 나더러 '서울 것'이라 불렀다. 계속되는 구박에 정신이 없어 실수를 하면 책상에 코 박고 있으라고 했다. 악몽 같은 시간이었다. 심장이 벌렁벌렁했다. 휴직기간 동안 자격증 공부하며, 육아하며 회복했던 자존감이 다시 무너져 내렸다. 쉽게 할 수 있는 일도 당시에는 어렵게 느껴졌다. 실수하고 싶지 않아 눈으로 내규를 읽고 또 읽었다. 눈으로 분명히 여러 번 읽는데 머릿속에는 하나도 들어오지 않았다. 미칠 노릇이었다. 부담감, 압박감이 이렇게 사람을 바보로 만들 수가 있구나 싶었다.

상품판매가 내가 잘할 수 있는 업무였기에 열심히 영업해서 판매를 이루어 내면, 옆에 앉았던 여자 차장님은 영업하느라 시간 끌지 말고 손님이나 빨리 받으라고 했다. 울컥하며 두 아이가 떠올랐다.

'회사에서 엄마가 이렇게 구박 받는지 알면 얼마나 속상할까?'

서럽고 화가 난 마음을 당장 풀 데가 없었다. 사직서 양식을 찾아 작성했다. 작성한 사직서를 출력해서 봉투에 넣었다. 사직서를 작성한 것만으로도 마음에 꽉 들어찬 화가 가라앉는 느낌이었다. 당장 사직서를 내고 싶었지만, 책상 서랍 깊숙한 곳에 숨기듯 넣어 놓을 뿐이었다. 결단력 없는 소심한 겁보였기 때문이다.

대부분의 직장인이 그렇겠지만, 일요일 아침부터 월요일이 다가오는 게 싫었다. 겁이 났다는 표현이 더 정확하겠다. 월요일이 오는 것이 두려워 일요일 밤마다 잠을 이루지 못했다. 제주도 한경이라는 서쪽 끝 동네에 위치한 보건소 관사에서 은행이 있는 제주시까지 42 km, 차로 바쁘게 달리면 한 시간이 걸리는 거리였다. 영업시작이 9시였기 때문에 8시에는 도착해야 했다. 아침 7시에 출발해야 8시에 지점에 도착했다. 출근은 빨랐고 퇴근은 늦었다. 4시에 은행 영업시간이 끝나지만, 업무를 마치고 서둘러 퇴근해도 8시를 넘길 때가 많았다. 가속페달 속도를 올려 집에 가도 9시가 넘었다. 하루 종일 영혼까지 탈탈 털리고 두 아이를 생각하며 서둘러 운전하고 가는 퇴근길, 제주 시내를 벗어나 고속도로를 달렸다. 고속도로를 벗어나면 해안도로가 나왔는데, 가로등이 없는 길이었다. 간간히 보이는 불빛에, 전조등에 의지해 조심스럽지만 빠르게 달릴 때면 우울함이 극에 달했다. 불빛 하나 없는 끝없는 길이 당시 나의 삶과 같다고 느껴졌다.

'도대체 무엇을 위해 이렇게 살아야 하는 걸까.'

내가 꼭 돈을 벌어야 하는 상황도 아니었다. 남편이 혼자 벌어도 살만했다. 적성에 맞는 일이라 열정 넘치고 즐거운 것도 아니었다. 두 아이 육아에만 전념하고 싶었다. 그만두지 않을 이유가 없었는데 매일 마음속으로만 사표를 던졌다.

우울하게 직장 생활을 하던 어느 날 여름이었다. 영업시간이 끝나고 셔터가 내려갔다. ATM 마감을 내가 맡고 있었다. 영업시간이 끝나서 기계 마감 버튼을 눌렀다. 그 찰나 기계 반대편, 바깥쪽에서 누군가 신경질을 냈다.

"아니, 사용 중인데 기계를 마감하면 어떻게 해요!"

당황하여 바깥으로 뛰쳐나갔다.

"죄송합니다, 고객님. 제가 인지하지 못하고 기계 마감 버튼을 눌렀어요. 정말 죄송합니다. 제대로 업무 보실 수 있도록 도와 드리겠습니다."

정중하게 사과하고 빠르게 업무처리를 하려고 했다. 고객은 사과를 받지 않고 화를 냈다.

"일부러 기계 마감 한 거죠?!"

"그럴 리가 있나요. 정말 죄송합니다."

"됐어요. 내가 당신 민원 넣을 거예요!"

기계 이용 중 갑자기 기계가 작동을 멈추니 얼마나 당황스러웠을까. 그래서 바로 사과했고 최대한 빨리 일처리를 돕겠다고 했다. 하지만 그 고객은 미안하다는 내 말은 들으려 하지도 않고 화만 내더니 휙 돌아서서 가버렸다. 잠시 후 은행으로 민원이 접수 되었다. 가슴에 품고 있던 사직서 시한폭탄이 펑 터진 순간이었다.

당시 지점에서 내 편이 되어 주었던 부지점장님이 나의 결심에 응원해 줬다.

"한 대리의 상사로서는 한 대리 사직서를 받지 않는 게 맞아. 그렇지만 한 대리의 인생을 생각하면 결정에 찬성해. 잘 생각했어. 앞으로의 인생을 응원할게."

그렇게 은행생활은 끝이 났다. 드디어, 마침내! 퇴직했다. 몇 년간 꿈에 그리던 전업주부가 되었다.

40년간의 인생길에서 최대의 암흑기는 은행생활을 했던 때다. 그럼에도 미련이 남을까봐, 후회할 까봐, 큰 일이 날까봐 그만두지 못했던 직장이었다. 웬걸, 그만두고 나니 나의 행복지수는 100프로 이상이 되었다. 당시에는 민원 넣은 고객이 원망스러웠지만, 지나고 보니 내 인생의 은인이었다는 생각마저 든다.

05

전업주부라서
행복해

〈드디어 끝. 내가 놓지 못하고 있던 것에 대한 미련보다는 앞으로의 나의 삶에 대한 기대가 더 큰 지금 이 순간. 오늘의 감정, 마음가짐을 부디 잊지 않기를. 그동안 수고 했어 모두. _ 2012년 8월 20일〉

　　　　　사직서가 수리된 후 마지막 출근 날, 송별회식을 하고 집에 와서 잠들기 전 적은 짤막한 일기이다. 이 글을 적는 순간에 난 심장이 콩닥콩닥 뛰는 게 느껴질 정도로 설레었다. 육아에 전념할 수 있는 전업주부의 삶에 대한 기대 때문이었다. 하지만 경제적인 부분에 대한 걱정과 함께, 자기 계발이나 직장인으로서 커리어에 대한 미련이 생길까 겁나기도 했다.

　2020년 현재, 퇴직한지 8년이 지났다. 8년의 긴 세월동안 은행 일을 그만둔 것에 대해 후회되거나 미련이 남았던 적이 없다. 맞벌이 부부였다면 경제적으로는 더 여유가 있었을 것이다. 매달 오백만원 가까이 더 벌었겠지만, 남편만 벌어도 사는데 부족함이 없었다. 육아에 전념할 수 있도록 해준 든든한 남편에게 고마운 마음이 들었다. 월 오백만 원을 포기한 대가로 그렇게나 원하던 육아에 전념할 수 있었으니, 선택의 기회가 다시 주어진다 해도 난 퇴사를 선택했을 것이다.

결혼하고 나서 양가 부모님께 줄곧 드리던 용돈을 두 아이 낳은 후에는 드리지 않았다. 부모님이 받지 않으셨기 때문이다. 두 아이 키우는데도 돈이 많이 들어가니 마음만 받겠다고 하셨다. 감사하게도 양가 아버지가 아직까지 굳건하게 경제활동을 하고 계신다. 남편이 번 돈은 고스란히 우리 네 식구를 위해 쓸 수 있었다.

"수정아, 앞으로 매달 네 계좌로 얼마씩 보낼 테니까, 이건 오직 너를 위해서 써."

퇴사하고 얼마 지나지 않았을 때였다. 남편은, 오직 나를 위해서만 쓰라고 매달 일정 금액을 내 계좌로 보내 주었다. 정작 본인을 위한 돈은 쓴 적이 없으면서 경제활동을 그만 둔 아내의 자존감까지 챙겨주는 멋진 남편이었다. 친구들이 전생에 무슨 좋은 일을 해서 그렇게 좋은 남편을 만났냐고 했다. 남편의 고마운 배려 덕분에 경제활동을 그만둔 것으로 인한 상실감을 느낄 일이 없었다.

자기 계발에 대한 욕구도 걱정과 달리 바로 충족되었다. 육아 자체가 나에게 자기계발로 다가왔기 때문이다.

퇴사한 직장이 적성에 잘 맞는 곳이었다면 퇴사 후 커리어에 미련이 느껴지는 순간이 있었을 것 같다. 하지만 은행은 나에게 그런 직장이 아니었다. 짧은 은행생활 내내 우울하고 괴로웠다. 아이 낳기 전에는 적성에 맞지 않아 괴로웠다. 아이 낳고 복직 후에는, 적성에 맞지 않는데다가 아이를 두고 나가 일하는 것이 힘들었다. 적성에 맞지 않는 일을 한다는 건, 살면서 가장 힘든 일 중 하나가 아닐까 생각한다. 그 심정은 겪어보지 않은 사람은 절대 알 수 없다.

은행을 그만두기 전, 매일 울며 출근했다. 은행에 출근해서 아이 생각에 우는 나를 보고 주변에서 이해하지 못했다. 퇴근해서 집에 가면 아이를 만날 텐데 왜 울기까지 하냐면서 말이다. 남들이 보면 지나치다고 했을 것 같다.

'우리 건이 준이랑 이렇게 하루 종일 함께하고 싶은데, 나는 여기서 뭐하고 있는 거지?'

아침에 출근할 때 어김없이 둘째 준이는 나에게 매달려 울었다. 태어난 이후로 쭉 잘 자던 준이가 내가 복직 후에는 밤에 자다 깨서는 목 놓아 울고 혼자서 벽에 머리를 박을 때도 있었다. 태어난 이후 내

내 붙어 지내던 엄마와 함께 하는 시간이 적어져 힘들었던 감정이 잠결에 드러났던 것 같다.

건이도 처음 내가 복직했을 때는 예민해져서 떼를 쓰며 잠이 들거나 밤중에 깨서 갑자기 울기도 했다. 어릴 적에 한번 경험이 있어서 그런지 준이보다는 잘 지냈다. 어린이집에서는 언제나 동생 준이를 신경 쓰며 챙겼다.

나를 볼 때 언제나 애교 넘치는 웃는 얼굴만 보여주던 준이를 보며 보건소 직원 분들이 말했다.

"사실, 엄마 복직하고 나서 준이가 많이 어두워졌어요. 말 걸어도 본 체도 안하고, 뚱한 표정만 지었는데 엄마가 있으니까 이렇게 잘 웃고 애교가 많네요."

"어머, 저한테는 언제나 밝고 애교 많은 모습이어서 준이가 그랬는지도 몰랐어요."

다른 건 신경 쓰지 않고 나의 시간과 에너지를 온전히 두 아이에게만 쏟고 싶었다. 오전 열 시부터 오후 다섯 시까지 두 아이가 어린이집에 있는 시간은 그래도 좀 마음이 괜찮았다. 하원 하는 다섯 시가 넘으면 마음이 쓰이기 시작했다. 집에 왔는데 엄마가 없으면 아이들이 울진 않을지, 슬퍼하지는 않을지 걱정됐다. 언젠가, 창구 마감시간을 훌쩍 지나 다섯 시가 넘은 시간이 되었다. 당시 세 살이었던 둘째 준이만한 아이를 데리고 온 고객이 있었다. 엄마 품에 안겨 사랑스런 눈빛으로 엄마를 쳐다보는 그 아이의 모습에 눈물이 났다. 건이 준이 생각이 스쳤기 때문이다.

전업주부가 된 그 날 밤, 감출 수 없는 기쁨에 잠든 가족 사이에 누워 마음속으로 환호성을 질러댔다. 드디어 육아에 전념할 수 있다는 생각에 두근거려 늦은 밤까지 잠 못 이뤘다.

은행을 퇴사하고 전업주부가 되었을 때, 첫째 건이가 다섯 살, 둘째 준이가 세 살이었다. 어느 정도 두 아이가 자란 후라 육아가 힘들지 않게 느껴졌는지도 모르겠다. 두 아이는 잘 자고 잘 먹고 잘 놀았다. 아이를 키우며 시행착오를 겪었고 객관적으로 봐도 힘든 순간이 분명 있었지만, 힘들다고 크게 느끼지 않았다. 사랑 줄 시간이 부족하다고만 느꼈다. 오죽하면 육아가 적성에 맞는다고 생각했을까.

당시 두 아이는 어린이집에 다녔다. 여덟시 쯤 일어나 준비를 마치고 어린이집에 등원시키고 나면 자유 시간이었다. 남편은 보건소로 출근했다. 당시 보건소 관사에 살았기 때문에 집에서 계단만 내려가면 보건소였다. 아침 설거지하고 청소하면 점심시간이었다. 점심시간마다 남편과 둘이 데이트 하듯 근처로 나가 점심을 먹었다. 차타고 해안도로를 몇 분만 달리면 괜찮은 음식점이나 분위기 좋은 카페가 있었다. 서둘러 밥을 먹고 근처 협재나 금능 해변으로 갔다. 투명한 애머랄드 빛 맑고 환한 바다를 보면 환호성이 절로 나왔다. 어떤 날에는 조금 더 속도를 내서 십 분정도가 더 걸리지만 애월까지 가기도 했다. 애월, 그 곳은 현재 핫플레이스 카페가 많이 생겨 사람이 북적대지만 당시에는 한적하고 아름다운 곳이었다.

차에서 내리면 시선 아래로 탁 트인 바다가 펼쳐졌다. 끝을 알 수 없는 푸른 바다를 따라 눈을 움직이다 보면, 시선 끝에 하늘과 바다가 맞닿는 수평선이 보였다. 한참을 바라보면서 '어떤 게 바다고 어떤 게 하늘일까, 이어져 있는 건 아닐까?' 하는 상상을 해보기도 했다. 보고 있기만 해도 행복했다.

은행에 복직했을 때 아침 일찍 출근해서 해가 지고서야 퇴근했다. 당시 비교적 한가했던 남편이 아이를 챙겨야 했다. 서로 예민해져 짜증낼 일이 많았다. 내가 은행을 그만두고 여유가 생기니 서로 바라보기만 해도 웃음이 났다. 연애할 때로 돌아간 것 같은 기분이 들었다.

한 시간 점심시간을 보내고 관사로 돌아오면 남편은 보건소로 갔다. 나는 미리 저녁 준비를 해놓고 동네 작은 도서관에 갔다. 도서관에서 책을 빌려 손에 들고 이어폰을 귀에 꽂았다. 노래를 들으며 동네 한 바퀴를 돌았다. 시골 작은 동네였기 때문에 지나다니는 차도 많지 않았다. 음악 리스트가 반복되어 지겨워지면 귀에서 이어폰을 뺐다. 그러고 나면 걷는 내내 들리는 소리라고는 파도 소리, 새소리 뿐이었다. 혼자 걷다 행복해서 눈물이 났다. 은행에 출퇴근할 때도 지나다니던 길인데, 그때와는 다르게 보였다. 조용하고 한적한 길이 아름답게 느껴졌다. 은행 다니는 동안 이토록 마음에 넘치는 행복을 한 번도 느끼지 못하고 불행하기만 했다.

두 아이가 하원하면 조용하고 고요했던 나의 하루가 북적북적 소란스러워졌다. 깔깔, 까르르, 꺅.

장난 치고 웃는 소리가 넘쳤다.

주말이면 남편, 두 아이와 제주도 곳곳을 누비며 자연을 느꼈다. 여유는 넘치고 지루함은 없는 일상이었다. 스트레스라는 것이 뭔지 잊고 살았다. 아마 내 인생에서 가장 행복한 시절이 아니었을까 생각한다. 제주도에서 전업주부로서의 삶은 행복 그 자체였다.

어렵게 입사한 좋은 직장을 그만 둔 걸 후회하지 않냐 물었던 사람이 여럿이었다. 미련이 남지는 않냐 묻기도 했다. 후회도 미련도 없었다. 상실감 따위도 없었다. 진심이었다. 전업주부라서 행복했다.

06

슬기로운
전업주부 생활

공중보건의 기간을 마치고 서울에 올라온 후 남편은 서울대학병원에 복직했다. 큰 아이는 여섯 살이 되어 영어유치원에 입학했고, 둘째는 놀이학교에 입학했다. 제주도에서 여유롭기만 했던 일상이 조금은 바빠졌다. 이래저래 신경 쓸 일도 많아졌다. 그래도 여전히 우울하거나 괴로움 없이 즐겁게 지냈다. 그때까지는 남편이 당직이 아니면 주말에 시간을 낼 수 있었다. 주중에 남편은 병원 일로, 나는 육아로 서로 고단하고 바빠도 주말만 생각하며 버텼다. 주말에는 늘 그랬던 것처럼 두 아이를 데리고 전국 방방 곳곳을 놀러 다녔다. 주말 내내 여행 다니며 자연을 느낀 덕분에 두 아이가 자연을 좋아하고 감수성이 깊어진 것 같다.

건이는 여섯 살까지도 조금 걸으면 힘들어 했다. 네 살 준이 뿐 아니라 여섯 살 건이까지 유모차에 태우고 놀러 다녔다. 뛰고 싶을 때는 마음껏 뛰어 다녔고, 지치면 유모차에 탔다.

한 여름 어느 날, 에버랜드를 개장하자마자 들어갔다. 두 아이를 유모차에 각각 태워 남편과 내가 한명 씩 끌었다. 뙤약볕에 유모차를 끌고 에버랜드 언덕을 올라가는데 숨이 턱 막혔다. 하루 종일 놀고 야간 퍼레이드까지 봤다. 집에 돌아오는 차 안에서 남편에게 말했다.

"오빠, 놀다가 죽을 수도 있겠다는 걸 처음 느꼈어."
"그러게."

두 아이를 데리고 주말마다 놀러 다녀도 질리지 않았다.

2014년 말, 남편이 다른 대학병원으로 직장을 옮기면서 정신없이 바빠졌다. 매일 밤 12시가 다 되어 집에 들어왔다. 주말에도 쉬는 날 없이 병원으로 갔다. 젊은 나이에 교수발령을 받아 할 일이 많았다. 게다가, 논문이나 연구가 끝없이 진행되어야 했다. 남편은, 논문과 연구 진행이 적성에 맞지 않아 괴로워했다. 적성에 맞지 않은 일이 태산같이 쌓여 있다고 했다. 그 괴로움이 우울함을 만들었고 나중에는 무기력증으로 이어졌다. 적성에 맞지 않는 일을 한다는 게 얼마나 힘들고 우울한 일인지 내가 겪어 봤기에 그의 고충을 이해했다. 가장의 책임감에 교수의 무게감까지 보태졌으니 나보다 몇 배는 더 힘들었을 것이다. 남편을 위해 내가 해 줄 수 있는 건, 집에 신경 쓸 일 없게 해주는 것이라고 생각했다.

에너지 넘치는 자유영혼인데다 고집까지 황소 저리가라인 두 사내 녀석을 매일 독박 육아 하는 건 결코 쉬운 일이 아니었다. 하지만, 우울하거나 괴롭다는 생각을 하지 않았다. 아내로서, 엄마로서, 전업주부로서 나에게 주어진 당연한 역할이라 생각했다. 기쁜 마음으로 최선을 다했다.

아침에 일어나는 건 언제나 두 아이가 나보다 먼저였다. 일찍 일어나 놀다가 배고프면 나를 깨웠다. 큰 아이 건이는 돌이 지나고 나니 편식이 심해졌다. 편식이 심한 건이와 비교적 덜한 둘째 준이를 위해 반찬은 언제나 두 아이 각자를 위한 것이 따로 준비 되어야 했다. 밥을 차려 놓으면 바로 와서 먹는 것이 아니었다. 밥 먹는 것부터 양치, 세수까지 한 번 두 번 세 번 말해서는 움직이지 않았다. 결국은 시간이 급해져서 소리를 꽥꽥 지르고 재촉을 해야 겨우 유치원 셔틀 시간에 맞출 수 있었다.

두 아이가 등원을 하고 나면, 아침 설거지와 청소를 했다. 아이가 어리니 위생에 신경 써야 한다는 생각에 매일 하루도 빠지지 않고 청소를 했다. 아이들이 하원하고 나면 두 아이에 집중한다고 오전에 저녁 반찬 준비도 미리 해 놓았다. 오전 약속이 있는 날에는 좋아하는 커피와 수다로 두 시간 정도 기분 전환 했다. 두 아이가 하원할 때면 언제나 활짝 웃는 얼굴로 만났다. 머릿속에는 항상 하원 후부터의 일정이 쫙 짜여있었다. 하원하고 집에 오면 미리 준비해 놓은 간식을 먹으며 놀았다. 책을 보거나 그림을 그렸다. 유행하는 인기 가요를 크게 틀어 놓고 따라 부르며 함께 춤추기도 했다. 그 후에는 큰 아이 영어 유치원 숙제를 봐줬다. 자유영혼인데 엄마가 가르쳐주면 열심히 하는 아이가 대견해서 더 열심히 공부시켰다. 준이는 형 영어 숙제를 봐 줄때면 옆에서 보고 있거나 혼자 조용히 앉아 온 집안에 책을 펼쳐놓고 책에 빠져들어 읽었다. 책을 좋아하는 두 아이를 위해 책 사는 데에는 돈을 아끼지 않았다. 거실 한쪽 벽 전체에 책장을 제작해 인테리어 했다. 저렇게 큰 책장이 과연 다 찰까 싶었는데, 적금 붓듯 한권, 두 권씩 사서 꽂아 넣다 보니 어느새 다 찼다. 몇 년 만에 책 꽂을 공간이 부족해져서 다른 한쪽 벽면에도 책장을 들여 놓았다. 그래도 부족해 도서관에서 매일 책을 빌려왔다. 영어 책, 한글 책을 빌려와서 자기 전 양 옆에 두 아이를 앉히고 책을 읽어줬다. 구연동화 하듯 연기하며 읽어주었는데 두 아이 눈에서 별이 쏟아지는 것 같았다. 한 권 다 읽고 나면, 또 읽어 달라고 다른 책을 가져왔다. 그렇게 읽다 보면 한 시간이 훌쩍 넘어 있곤 했다.

거의 매주 주말마다 근처 공원이나 산에 갔다. 비가 올 때는 우산을 쓰고 우비를 입고 갔다. 비를 맞으며 간 날도 있다. 더운 날에는 땀으로 온몸이 젖어도 갔다. 추울 때는 옷을 두 겹 세 겹 껴입고 갔다. 날이 좋지 않아도 나름대로 매력이 있었다. 두 아이는 비오면 비 온다고, 더우면 덥다고, 추우면 춥다고 짜증내다가 어느 새 즐거워 하며 깔깔대곤 했다. 날씨가 좋은 날에는 날씨만으로 즐거웠다.

근처 올림픽공원에 가면 아이들은 사륜자전거를 타자고 했다. 어른 둘이 페달을 밟으면 적당한 자전거인데, 나는 언제나 홀로 두 아이 데리고 갔기 때문에 두 아이를 태우고 혼자 페달을 밟았다. 오르막길에서 안간힘을 써도 페달이 꿈적도 안 할 때는 내려서 뒤에서 자전거를 밀었다. 몸은 힘들었지만, 두 아이가 함박웃음 짓는 모습을 보면 마음은 쌩쌩해졌다.

집에 돌아오면 욕조에 물을 받았다. 두 아이가 물놀이를 하는 동안 쌀을 씻어 압력밥솥 취사 버튼을 눌렀다. 밥이 되는 동안 청소기를 돌렸다. 최대한 빨리 식사준비와 청소를 마치고 두 아이 목욕을 시켜줬다. 큰 아이가 초등학교 4학년 때까지 목욕을 시켜 줬다. 그런 나를 보며 남편이 말했다.

"너 힘든데 건이 스스로 목욕하라 그래."
"아직은 내가 시켜주고 싶어."

어릴 때가 아니면 해줄 수 없는 일이라서 아이가 싫다고 하기 전까지는 목욕을 시켜주고 싶은 마음이었다.

늘 힘이 넘쳤던 건 아니다. 체력이 떨어져 나도 모르게 두 아이에게 버럭 하고 짜증낼 때도 있었다. 곧 후회가 밀려왔다. 조금만 참을 걸. 그 순간만 그냥 넘길 걸. 미안한 마음에 잠든 아이를 보며 운적도 많았다.

병원 일로 힘든 남편이 집안일에 신경 쓰지 않도록 노력했다. 가끔 아이 때문에 속상하거나 고민 되는 일이 생겨도 남편에게 말하지 않았다. 남편은 매일 늦었다. 주말에 잠깐이라도 남편이 두 아이를 봐주면 좋겠다는 생각이 들기도 했지만 남편에게 말하지 않았다. 독박 육아를 해야 하는 상황에 불평하지 않았다. 그 시절 나는 원하던 대로 두 아이에게만 집중할 수 있는 상황에 감사했다.

열심히, 슬기롭게 전업주부의 삶에 최선을 다했다. 지칠 줄 모르고 말이다.

07

위기의 전업주부

2004년부터 십 년 넘게 미국에서 방영해 인기 끌었던 "Desperate Housewives(위기의 주부들)"이라는 드라마가 있었다. 나도 틈날 때마다 즐겨 보던 미국 드라마이다. 드라마 속 주인공인 주부들의 위기는 제목처럼 자극적이고 다양했다. 겉으로 보기에는 완벽해 보이지만 각자 위기가 있었다. 완벽주의로 인한 자녀와의 갈등, 이혼 후 전남편과의 갈등, 매사를 돈으로만 해결하려는 남편과의 갈등, 외도로 인한 갈등, 인간관계로 인한 갈등 등으로 인한 위기였다. 한 화를 보기 시작하면 절대 중간에 끊지 못 할 만큼 재미있었다. 하지만, 흔히 겪을 수 있는 상황이 아니라는 생각에 공감은 되지 않았다.

전업주부가 되고서, 몇 년간은 행복했다. 내가 바라던 대로 오롯이 두 아이에게만 집중할 수 있어서였다. 독박육아를 하면서도 힘든 줄 몰랐다. 혼자 두 아들을 데리고 등산하거나 놀러 다닐 때면 주변에서 애쓴다고, 힘들면 너무 애쓰지 말라고 했다. 단언컨대, 나는 내가 즐거워서 그랬다.

공원에 철봉이 있으면 내가 먼저 달려가 매달렸다. 그럴 때면 두 아이는 신나서 박수를 치고 방방 뛰었다.

"우와, 엄마 멋지다."
"엄마, 그거 어떻게 하는 거야? 나도 해볼래."

놀이터만 가면 신발 벗고 노는 두 아이와 함께 나도 신발을 벗어 던지고 술래잡기를 했다. 비 오는 날에는 우비 입고 나가서 물총 싸움을 했다. 눈이 오면, 귀찮아하는 두 아이 옷을 껴입혀 데리고 나가 썰매를 끌어줬다. 동네 눈 쌓인 언덕을 찾아가 함께 눈썰매를 탔다. 여름에 계곡으로 놀러 가면, 타잔 친구 제인에 빙의된 듯 계곡을 휘젓고 다니며 송사리를 잡아 줬다. 산에 가면, 중간에 힘들다는 다섯 살 둘째 아이를 업고서 정상까지 갔다.

청소도 매일 했다. 전날 청소해서 바닥이 반짝였지만, 그래도 다음 날이 되면 또 했다.

아이가 유치원이나 학원에서 배워 온 것이 백 프로 아이 머릿속에 들어갔는지, 완벽히 이해가 되었는지 꼭 다시 공부시키며 확인했다.

하루도 거르지 않고 매일 자기 전 한 시간 넘게 목이 쉬도록 책을 읽어줬다.

아이가 학교 간 동안 일주일에 두 번 필라테스를 했다. 5년 간 필라테스를 하며 몸의 탄력도 지켰고 체력도 키웠다. 즐거웠다. 행복했다. 두 아이의 웃는 얼굴, 깔깔대는 웃음소리를 들으면 세상에서 제일 부자가 된 기분이 들었다.

주변에서 잘한다, 멋지다 했다. 두 아이 잘 키우는 모습이 대단하다 했다. 어떻게 하면 그렇게 자기 관리도 잘하면서 두 아이를 똑똑하게 잘 키울 수 있냐고 했다. 전업주부로서, 엄마로서, 아내로서 잘하고 있다는 자기만족이 마음속에 자리 잡았다.

그러다 어느 순간, 스스로 자랑하며 뽐내는 마음, 자만심이 생겼다. 스스로 자랑스럽기 위해서 그 상황을 지켜야겠다고 생각했다. 완벽주의가 생겼다. 하루도 쉬지 않고 열심히 놀아줘야 했고, 공부도 열심히 시켜야 했다. 조바심이 생겼다. 매일 아침 눈 뜨면 하루의 계획을 머릿속에 세웠다. 한 순간이라도 계획에 차질이 생기면, 마음이 힘들고 짜증났다. 두 아이를 재촉하는 상황이 많아졌다. 마음은 급한데 한두 번 말해도 듣지 않으니 소리를 질렀다. 살아오면서 소리 지를 일이 없었는데 사자후, 그것이 나의 일상이 되었다. 힘들었다. 꾸역꾸역 아이를 책상에 앉혀서 공부 시켰다. 꼼꼼하게 열과 성을 다해 공부를 봐줬는데, 시험을 못 보거나, 배운 문제를 틀리면 화를 냈다.

타고난 아이만의 본성을 이해해준다고 하면서도, 아이의 기질이나 성격 때문에 학교에서 지적을 받고 오는 날이면 아이에게 잔소리를 했다. 아이를 혼내고 잔소리하고 화내는 일이 많아졌다. 완벽한 모습이어야 한다고 생각했다.

큰 아이가 초등학교를 입학하고 3학년이 되면서, 자연스럽게 집 근처 대치동으로 학원을 보냈다. 주변에서 다들 엄청나게 공부를 시켰다. 나도 그게 당연한 거라 생각했다. 아이 공부에 욕심을 내면서부터 마음에 여유가 없어졌다. 아이를 혼낼 일이 많았다. 자아가 커진 아이는 반항하기 시작했다.

남편에게 걱정 끼치기 싫은 마음에 아이를 키우며 생기는 사소한 문제는 이야기 하지 않았었다. 그러다가 아이가 4학년이 되었을 때 나 혼자 감당하기 힘들다고 생각해 남편에게 이야기하기 시작했다. 남편은 병원에서도 힘든데, 나와 두 아이를 신경 쓰느라 힘들어 했다. 어쩌다 집에서 시간을 보내는 남편과 사소한 문제로 다퉜다. 아이를 혼내야 할 상황에 혼내지 않는 남편에게 짜증냈다. 남편은 마음이 약해 아이를 혼내는 것도 힘들어 하는 사람이었다. 가족끼리 서로 사랑하며 살기에도 부족한 인생인데, 나는 아이와도, 남편과도 싸웠다. 상처 주는 말을 주고받았다. 이해와 위로 없이 서로 힘든 것만 드러내기 바빴다.

우울할 때가 많았다. 조급하고 불안한 마음을 어찌해야할지 몰랐다. 괴로우니 욕심을 내려놓고 싶은데, 그러면 큰 일이 날 것 같았다. 퇴직이라는 결단을 내리지 못하고 괴로워만 하던 지난 시절 나의 모습이었다.

완벽주의를 놓지 못하고 아이에게도 강요하고 있었다. 남에게 폐끼치는 행동을 하지 말라고 혼냈다. 내가 정해 놓은 기준에서 벗어나는 말과 행동을 할 때면 아이를 혼냈다. 다른 사람 앞에서 장난을 쳐도 혼냈다.

당시 주변 사람들이 나를 만나면 다들 놀라서 묻곤 했다.

"너 왜 이렇게 얼굴이 안 좋아?"
"왜 이렇게 바싹 말랐어?"
"무슨 일 있어?"

마음이 답답하고 침울하니 외적인 모습에 그대로 드러났나 보다.

행복과 즐거움이 컸던 전업주부의 삶에 위기가 왔다. 어느 새 나는, 자극적인 미국 드라마 속 주인공이 되어 있었다. 완벽주의로 인해 자녀와 갈등이 있는 그 모습이었다. 위기의 주부가 되었다.

현실이자 자기 계발 그 자체였던 육아에 대한 열정을 덜어내야 했다. 육아가 아닌 다른 자기 계발의 영역을 찾아 도전하기 시작했던 것이 그때부터였다.

08

자기 계발이 답이다

"나를 잃어가는 것 같아."

"무의미하게 세월이 흐르는 것 같아."

"아이만 생각하다 보니 내 삶은 없어진 것 같아."

"우울하고 공허해."

"난 이제 뭘 할 수 있을까?"

아이를 낳고 키우며 전업 주부의 삶을 사는 주변 사람들이 공허함, 허무함, 우울함을 느낀다는 이야기를 했다. 나도 가끔은 그런 생각을 했지만 스치듯 지나갔다.

나는 전업주부 8년차이다. 큰 아이가 다섯 살이던 어느 날, 다니던 회사를 퇴직한 후 쭉 전업주부로 살고 있다. 전업주부란, 다른 직업에 종사하지 않고 집안일만 전문으로 하는 주부이다. 집에만 있으면

할 일도 없고 심심할 거라 생각했었는데 그렇지 않았다. 바쁘고 지루할 틈 없이 없었다. 행복과 보람을 느꼈던 적도 많다. 전업주부가 되고나서 자존감이 높아졌다.

다니던 직장을 그만두고 전업주부가 된 것은 내 인생의 터닝 포인트였다. 전업주부가 되고 나서 비로소 자아를 찾았다. 전업주부의 삶이 이토록 만족스러웠던 이유는 계속된 자기 계발 덕분이었다. 쉬지 않고 자기 계발을 하며 지루할 틈이 없었고, 그 과정에서 긍정의 힘을 얻었기 때문이다. 어학사전에 따르면 '개발'은 '지식이나 재능 따위를 발달하게 함', '계발'은 '슬기나 재능, 사상 따위를 일깨워 줌'을 뜻한다. 같은 의미로 두 단어를 사용하기도 한다.

나에게 자기 계발은 거창한 것이 아니어도 되었다. 눈에 띄는 성과가 따르는 것이 아니어도 괜찮았다. 내가 몰두할 수 있고 열정을 가질 수 있는 건 무엇이든 자기 계발이라 느꼈다. 특별한 무언가를 새롭게 하지 않아도, 내가 지금 하고 있는 일도 자기 계발의 대상이 될 수 있다고 생각했다.

전업주부가 된 후 나의 첫 자기 계발 대상은 육아였다. 육아에 전념하며 열정을 쏟는 몇 년간 행복했다.

고등학교 시절에는 어릴 적 꿈이 무엇이었는지 잊고 살았다. 당장 눈앞에 놓인 시험, 수능, 대입을 위해 모든 에너지를 쏟았다. 대학 전공도 내 의지가 아닌 엄마가 원하는 대로 정했다.

취업난 속에서 흘러가는 대로 취업 준비를 하다 보니 은행원이 되었다. 오직 취업만을 위해 직업을 준비하고 정했으니 예견된 일이었을지도 모르겠지만, 은행원이라는 직업은 나와 맞지 않았다. 맞지 않는 옷을 입으면 불편하고 위축되듯, 아무리 애를 써도 나와 맞지 않는 일은 나를 주눅 들게 만들었다. 자신감을 잃다 보니 실수가 잦았다. 소심하고 결단력 없던 나는 당장 사표를 낼 용기도 없었다. 그러니 갈수록 무기력해질 수밖에 없었다. 내가 좋아하는 일이 무엇인지, 잘 할 수 있는 일이 무엇인지 관심조차 갖지 않았다. 이 세상 많은 일 중에 내가 잘 할 수 있는 일은 하나도 없다는 생각이 들었다. 나 자신을 사랑하지 않던 시기였다.

전업주부가 되고 육아에 전념한 덕분에 방황을 끝냈다. 대학교 때부터 직장생활 할 때까지 이어진 질풍노도의 시기를 극복했다. 엄마인 나를 믿고 의지하는 두 아이와 마음을 나누고 아이에게 사랑 받다 보니 나를 사랑하게 됐다. 꿈이 뭔지, 하고 싶은 것이 무엇인지 몰랐던 내가 당장 하고 싶은 것들이 생겼다. 하고 싶은 것이 생기면 바로 도전했다. 육아가 나를 변화시켰다. 무기력하고 결단력 없던 나를 추진력 넘치는 사람으로 말이다. 육아가 나를 '계발' 시켰다. 자기 계발 그 자체였다.

언젠가부터 육아에 대한 열정이 아이를 향한 집착이 되었고, 완벽주의, 인정중독으로 아이를 힘들게 했다. 위기의 전업주부가 된 것이다. 육아가 아닌 새로운 자기 계발의 대상을 찾아야만 했다.

자기 계발이라고 하면 도전하기 어려운 것을 생각한다. 나 역시 그랬다. 대학생 때나 은행에서 직장생활 하던 시절, 자기 계발에 목말라 있으면서도 엄두를 못 냈다. 몇 년 전부터는 육아를 하면서도 내가 할 수 있는 쉬운 것부터 찾아서 해보자는 마음으로 시작했다. 시작이 반이라는 생각으로 일단 시작부터 했다. 온전히 나를 위해 보낼 수 있는 시간은, 두 아이가 학교에 가 있는 몇 시간이 전부였다. 온라인 강의나 집근처 청소년 수련관에서 강의를 듣고 자격증 따는 것부터 도전했다. 결과에 대한 부담 없이 편한 마음으로 도전했더니 심리상담사, 아동심리상담사, 미술심리상담사, 놀이심리상담사, 테솔, 역사논술지도자 등 자격증을 여러 개 보유하게 되었다. 자격증 취득은 자기만족과 성취감을 느끼게 해주었다. 이 두 가지 감정은 나에게 엄청난 긍정 에너지를 줬다.

체력과 몸의 탄력을 되찾고자 필라테스, 등산을 꾸준히 했다. 일기 쓰기를 시작으로 매일 글을 썼다. 책 쓰기에 도전했다. 몸도 마음도 단련되는 자기 계발의 과정이었다.

자기 계발을 위해 공부하고 노력한다는 것은 생각보다 어렵고 시간이 걸릴 때도 있었다. 포기하고 싶다는 마음이 들 때마다 생각을 바꿨다.

'조급할 필요 없어. 도전의 결과로 삶에 변화가 없어도 괜찮아. 시작한 것만으로, 도전했던 것만으로도 의미가 있으니까.'

생각을 바꾸니 마음이 편해졌다. 부담감이 없어졌다. 산꼭대기, 정상등반의 순간만 생각했다. 그러다 보면 어느 새 목표를 이루곤 했다.

이 모든 과정을 통해 내가 성장했다. 자아를 찾았다. 나를 사랑하게 되었다. 자기 계발의 대상에만 집중하며 내 의지대로 되지 않는 것들에 신경 쓰지 않는 법을 알게 됐다. 타인의 말에 귀 기울이되, 흔들리지 않는 법을 배웠다. 쓸데없는 걱정에 시간 낭비하는 일이 없어졌다. 욕심으로 인해 놓지 못하고 있던 것들을 내려놓을 줄 알게 되었다. 꾸준히 무언가에 열중하는 자체만으로 엔도르핀이 돌았다. 특별할 것 없는 전업주부, 평범한 아줌마의 일상에 활력이 생겼다.

전업주부로 살며 방황을 끝내고 행복할 수 있었던 건 계속 이어진 자기 계발 덕분이었다. 자기 계발이 답이었다.

적성에 맞지 않는 직장을 다니며 위축된 채 무기력하게 살았다. 답답하고 괴로운 어둠의 터널 속 같은 삶이었다. 적성에 맞지 않은 일을 하는 것이 얼마나 괴로운 일인지 겪어보지 않은 사람은 모른다. 힘든 직장생활로 지친 누군가, 특히 적성에 맞지 않아 괴로운 누군가가 직장생활로 힘들어 했던 나의 일화를 통해 공감하고 위로 받기를 바란다.

결단력 없어 가슴에 품고만 있던 사직서를 우연한 계기로 제출했다. 드디어! 직장을 그만뒀다. 인생의 터닝 포인트였다. 전업주부가 되고서 비로소 자아를 찾았다. 부모님이 원하는 대로 눈앞에 주어진 현실에만 집중하며 살아 왔던 내가 스스로 원하는 것이 무엇인지 알게 되었다.

원하는 것이 생기면 바로 도전하는 추진력도 생겼다. 전업주부의 삶은 원하던 대로, 기대했던 대로 행복 그 자체였다. 끝없이 자기 계발을 했다. 자기계발이 답이었다. 경력이 단절된 채 육아하느라 자아를 잃어가는 기분, 상실감 등을 느끼고 자칫 우울해 질 수 있는 전업주부로서의 일상을 누구보다 바쁘고 행복하게 지냈다. 이런 나의 이야기가 누군가에게 긍정적인 자극을 주고 그것이 인생의 터닝 포인트가 되어 무료했던 일상에 활력을 줄 수 있기를 기대한다.

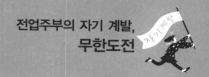

전업주부의 자기 계발,
무한도전

Chapter

02

육아, 전업주부의
현실이자
자기계발의 대상

Chapter 02

육아를 하다 보니 어느 새 내가 변했다.
여전히 부족한 게 많지만, 발전했다.
아이를 키우며 나도 성장했다. 육아라는 행위 자체가
나에게는 자기 계발이었던 것이다.

01

모유수유

　자기 계발은 본인의 기술이나 능력을 발전시키는 일 또는 슬기나 재능을 발달시키는 일이다. 전업주부가 되고 난 후 나의 첫 번째 자기 계발 영역은 육아였다. 엄마가 된 순간, 나에게 육아는 현실이자 자기 계발의 대상이었다.

　출산 직후 나의 첫 번째 도전 영역은 모유수유였다. 갓난아기에게 그냥 젖을 물리면 되는 게 모유수유인 줄 알았다. 첫 아이 출산 후 산부인과에 입원해 있는 동안 별 생각 없이 잠깐씩 아이를 내가 있는 방으로 데려와 함께 있다 신생아실에 데려다 주곤 했다. 신생아실에서 때가 되면 분유를 타서 알아서 아이에게 먹여줬다.

　집에서 산후 조리를 했다. 3일간 병원에 입원해 있는 동안 젖병에 익숙해진 아이가 퇴원 후 집에 와서 모유수유를 하려는데 자꾸 고개를 돌렸다. 배고프다 우는 아기에게 젖을 물리면 본능적으로 젖을 찾아 허겁지겁 물고 쪽쪽 빠는 모습을 상상했다. 하지만 아이는 젖을 먹지 않고 악을 쓰고 울어대느라 바빴다. 식은땀이 나고 가슴이 철렁했다.

'왜 이러지? 무슨 상황인거지?'

당시 집에 와 있던 산후조리사님이 말했다.

"아이고, 아가가 병원에 있던 며칠 사이에 젖병에 익숙해져서 엄마 젖을 거부하네."

그 말을 듣는 순간 아찔했다. 눈앞이 캄캄해졌다. 당연하게 생각했던 모유수유를 할 수 없을지도 모른다는 생각에 아이에게 미안했다.

'이럴 줄 알았으면, 입원해 있는 동안 열심히 젖을 물릴 걸. 엄마가 아무것도 몰라서 미안해.'

친구들보다 일찍 결혼해 일찍 아이를 낳은 탓에, 출산이나 육아 과정에 대해 제대로 들은 바가 없었다. 아무것도 몰랐다. 눈물이 핑 돌았지만, 꾹 참고 젖을 물렸다. 젖병만 찾아 대며 우는 갓난아기와 어떻게든 내 젖을 물리려는 나 사이에서, 싸움이 시작 되었다. 모유수유를 꼭 하고 싶었기 때문에 집에 온 첫날, 밤새 아이와 씨름했다.

눈도 못 뜨고 꼬물대는 신생아가 어찌나 고집이 센지, 배고파서 젖을 빨 법도 한데 목이 쉬도록 울어대기만 할 뿐, 절대 젖을 물지 않았다. 이렇게까지 엄마의 젖을 거부하다니, 서운한 마음까지 들었다.

긴 밤 내내 이어진 실랑이, 과연 끝이 날까 싶었다. 배고픔에 울며 잠에서 깨 울면서도 젖은 끝내 물지 않았다. 울다 지쳐 잠들었다가, 배고파서 깨면 또 울고 무한반복이었다. 결국 내가 포기하고 분유를 타려고 물을 끓였다. 물이 끓기 시작하는 찰나, 눕혀 놓았던 아이가 넘어갈 듯 울었다. 당황해서 달려가 아이를 안았다. 그 순간, 아이가 더듬더듬 젖을 물고 빨기 시작했다.

'드디어!'

다리에 힘이 풀려 아이를 안은 채 소파에 주저앉았다. 배고팠던 아이가 정신없이 젖을 쪽쪽 열심히 빨아대다 스르르 잠들었다.

동이 트고 있었다. 시간이 흐르는 줄도 모르고 계속 되던 모유전쟁은 날이 꼬박 샐 때까지 계속 되었던 것이다. 기운 빠진 나를 위로하려는 듯, 창 너머로 따뜻한 햇살이 들어와 내 얼굴을 비쳐주었다.

그 순간 긴장이 풀렸다. 눈물이 쏟아졌다. 출산 이후 아이와 만났다는 기쁨에 젖은 채 미처 느끼지 못했던 엄마로서 책임감이 마음에 와 닿았다. 처음 느껴보는 감정에 당황스럽고 겁이 났다. 거기에다가 엄마로서 첫 번째 난관이었던 모유수유의 벽을 깨부순 기쁨에 만감이 교차했다.

'이렇게 아무것도 모르는 부족한 내가 좋은 엄마가 될 수 있을까?

이 아이를 잘 키울 수 있을까?

집에 온 후 배고프다 울기만 하던 아이가 허기를 달래고 내 품에 안겨 평온한 얼굴로 잠들어 있었다. 그 천사 같은 모습을 보며 얼마나 가슴이 벅차오르던지.

그렇게 힘들게 시작 된 모유수유를 아이가 돌이 될 때까지 했다.

모유수유를 포기 하지 않고 성공한 게 정말 잘 한 일이라고 생각한다. 모유수유를 하며 느끼게 된 여러 가지 감정들, 둘 사이 교감의 순간은 황홀했다. 별을 담아 놓은 듯 반짝이는 눈으로 나를 올려다보며 젖을 빨다가 싱긋 웃어줄 때면 행복한 기운이 온 몸을 감쌌다. 젖을 빨며 눈물 뚝뚝 흘리며 울어도, 몇 개 없는 작고 귀여운 이를 드러내며 깔깔 웃어도 예쁘고 귀여웠다. 다른 누구의 방해도 받지 않고 둘만의 세상에 있는 것 같은 그 느낌을 겪어보지 않은 사람은 모를 것이다. 아이와 교감을 주고받는 만큼 아이에 대한 사랑이 커지는 느낌이 들었다.

아이가 나를 믿고 의지하고 있다는 것이 느껴졌다. 내가 소중한 존재라는 느낌을 받게 해주었다. 엄마로서 책임감이 생기고 자존감이 높아졌다. 부족한 것이 많은 내가 조금은 괜찮은 사람이 되고 있다는 생각이 들었다.

둘째 아이는 같은 시행착오를 겪지 않겠다는 마음으로 출산 후 신생아실에 내려 보내지 않았다. 첫날부터 내내 품에 끼고 젖을 물렸다. 그렇게 두 아이 모두 돌까지 모유 수유를 했다. 일정 시간이 지나면 모유로 가득 차 가슴이 불어 심한 통증이 느껴졌다. 시도 때도 없이 아이가 원하면 가슴을 내 주어야 했다. 밤중 수유도 한 탓에 숙면이 불가능했다. 그럼에도, 한 번도 귀찮거나 힘들다고 느낀 적이 없다. 두 아이 모두 일 년 넘게 모유수유를 한 덕분에 가슴이 볼품없어졌다. 하지만 시간을 되돌린다 해도 난 같은 선택을 할 것이다.

아이를 키우면서도 줄어들지 않은 모성애는 철없던 나를 성숙하게 만들어 주는 느낌이었다. 적성에 맞지 않는 직장생활을 하며 땅속 깊은 곳까지 떨어졌던 자존감이 제자리를 찾았다. 나를 더 사랑하게 되고 스스로 가치 있는 존재로 여기게 되다니, 이 보다 더 귀한 자기 계발이 있을까.

02

이유식

　　결혼 전까지 할 줄 아는 요리라고는 라면 끓이기 정도였다. 엄마가 차려준 밥을 먹고 설거지는 열심히 했지만, 요리 할 일이 없었다. 결혼 후에도 마찬가지였다. 자상하고 요리하는 걸 좋아했던 남편이 수시로 이런 저런 맛있는 음식을 해줬다. 회식 중에 먹고 맛있었거나, TV를 보다 맛있어 보이는 음식은 조리법을 찾아보고 만들어 줬다. 데이트 하며 외식도 많이 했다. 내가 요리할 일이 거의 없었다.

　큰 아이가 6개월쯤 되어 이유식을 시작하면서부터 본격적으로 요리를 하기 시작했다. 요리, 나의 새로운 자기 계발이 시작된 것이다. 매일, 매끼 재료를 직접 손질하고 다져 이유식을 끓였다. 좋은 재료로 만들어 파는 이유식 업체도 많았고, 미리 다량을 만들어 냉동시켜 놓고 먹여도 되었을 텐데, 나는 하루도, 한 끼도 빠짐없이 손수 만들어서 먹였다. 특별한 이유 없이 그러고 싶었다. 당시 나에게 주어진 역할은 엄마로서 아이를 잘 키우는 것이라 여겼다. 잘 먹이고 잘 놀아주는 것이 내가 해야 할 일이라고 생각했다.

모유만 먹었던 아이가 생후 6개월에 접어들면서부터 이유식을 병행했다. 처음으로 쌀미음 이유식을 만들어 먹였던 순간이 떠오른다. 계량기에 쌀을 달아 그람수를 맞추고 직접 쌀을 갈았다. 거기에 물을 부어 가스레인지에 올렸다. 걸쭉한 미음이 될 때까지 휘휘 저었다.

'제대로 하고 있는 건가? 이 정도면 알맞은 양이겠지? 잘 먹을까?'

비록 쌀과 물만 넣은 이유식 이었지만, 서툰 솜씨로 만들다 보니 자신이 없었다. 긴가민가하며 만들었다.

'이 정도면 된 것 같아.'

가스 불을 껐다. 보행기에 앉아 나를 올려 보던 아이도 자기가 먹을 이유식이라는 걸 알았는지, 입맛을 다시며 빨리 달라고 보챘다.

"알겠어. 잠깐만 건이야. 지금 너무 뜨거워. 조금 식히고 먹어보자."

급한 마음에 입으로 후후, 세게 불어가며 뜨거운 이유식을 식혔다. 아이에게 첫 숟가락을 떠먹여 주니 미간을 찡그렸다. 이게 무슨 맛

일까, 처음 혀끝에 느껴지는 맛에 자기도 모르게 눈썹 사이 힘이 들어갔나 보다. 입에 들어간 쌀미음을 쩝쩝 맛 봤다. 마음에 들었는지 더 달라고 손을 뻗었다. 한 숟가락 더 입에 넣어주니, 달랑 두 개 나 있던 아랫니를 보이며 활짝 웃던 아이의 모습이 떠오른다.

아이가 쌀미음을 졸업하고 다양한 재료로 만든 이유식을 먹기 시작하면서 나는 더 바빠졌다. 새로운 재료를 추가하면 얼마나 맛있게 먹어줄까 설렜다. 틈날 때마다 이유식 책을 펴서 이유식에 대해 공부했다. 괜찮아 보이는 레시피에 동그라미 쳐놓고 기억해 두었다가 매일 다른 이유식을 만들어 줬다. 닭고기, 소고기, 미역, 당근, 감자, 고구마, 호박, 브로콜리, 양배추, 버섯, 두부 등 다양한 재료로 만들었다.

"엄마 아빠도 이렇게 매일 다양한 재료로 해먹진 않는데, 우리 건이는 매끼 다양하게 먹네."

옆에서 보던 남편이 웃으며 말했다. 당근이나 양파 감자 등은 믹서기로 갈아도 될 텐데, 굳이 칼로 다졌다. 그런 나를 보며 친정 엄마가 말했다.

"너는 모성애가 대단하다. 어떻게 매끼 그렇게 해서 먹이니?"

솔직히 말하면 모성애가 유별났다기보다, 재미있었다. 그리고 그 것이 당연한 나의 일이라 생각했다. 재료를 깨끗이 손질한 후 도마 위에 올려놓고 큼직하게 썰었다. 작게 자른 다음 탁, 탁, 탁, 탁, 탁, 박자에 맞춰 칼로 다졌다. 준비된 재료에 적당량 물을 넣어 몇 분간 휘휘 저어가며 끓이면 완성. 매끼마다 재료를 씻고 자르고 다지고 끓이고 식혀 아이의 입으로 슝.

나의 정성을 아는지 아이도 보행기에 탄 채 발을 동동 구르며 이유 식 먹기를 기다렸다. 입 속으로 배달된 이유식은 언제나 아이를 웃 게 했다. 아이가 신나서 맛있게 먹어주니 나도 신났다. 간이 들어간 음식이 아니었으니 특별한 솜씨를 발휘할 일이 없었다. 그런데도 아 이는 이 세상에서 가장 맛있는 음식을 먹는 표정이었다. 내가 무슨 대단한 요리사라도 된 것 같은 느낌이었다.

돌이 지나고 아이가 커가며 어른 음식을 먹게 되면서 이유식이 아 닌 음식을 요리했다. 아이 주겠다고 처음으로 조기를 굽던 날이 생 각난다. 어느 정도 굽다가 타지 않게 불 조절을 해야 하는데 내내 센 불에 올려놓아 겉은 다 탔는데 속은 덜 익은 생선이 되어 버렸다.

생선 하나 제대로 굽지 못하던 내가 매일 두 아이를 위해 요리를 하고 있다. 찌개류, 면류, 구이, 볶음, 국 등 다양하다. 입맛이 까다 롭고 편식이 심한 큰 아이를 위해서는 돈가스, 햄버거도 직접 만들 어 준다. 평범한 요리솜씨를 가지고 있는 엄마인데도 내가 해 준 음식을 먹으며 두 아이는 언제나 엄지를 치켜 세워준다.

"역시 엄마는 요리를 잘해. 엄마 요리가 제일 맛있다니까."
"맞아. 정말 이거는 음식점 내서 팔아도 잘 팔릴 것 같아."
"에이, 그 정도는 아닌데. 고마워."

두 아이 덕분에 나만의 착각에 빠지곤 한다.
'내가 요리에 소질이 있군.'
아이를 낳기 전, 요리를 거의 해본 적도 없고, 할 의지도 없던 내가
이렇게 매일 아무렇지 않게 다양한 음식을 만들게 되다니. 이 또한
육아를 통한 자기 계발이었다고 생각한다.

03

책 읽어주기

육아휴직 중 CFP 자격증을 공부한 것이 태교라면 태교이고, 그 외에 특별한 태교를 하지 않았다. 큰 아이를 낳으면서 출판사 두 곳의 전집을 샀다. 성장할 아기에게 어떻게 해 주는 것이 좋은 방법인지 몰라서 나보다 6개월 먼저 조카를 낳은 쌍둥이 언니를 따라 샀던 것이다.

아이가 나와 눈 마주치고 반응하기 시작하면서부터 매일, 시도 때도 없이 아이에게 책을 읽어줬다. 다른 이유가 있어서가 아니라 그 시간이 좋았다. 아이가 클수록 더 좋았다. 아이와 눈 맞추고 구연동화 하듯이 실감나게 책을 읽어주면 아이가 까르르 웃어 주는데 그 웃음소리가 좋았다.

"달이 따라와요. 자꾸만 졸졸 따라와요."

십 년이 넘게 지난 지금도 당시 읽었던 구절이 기억난다. 어떠한 목소리와 표정으로 읽어줬는지도 생생하다.

어느 날에는 아이가 먼저 책장에서 책을 꺼내 왔다. 엄마가 웃었다가 우는소리 냈다가, 속삭였다가 소리쳤다가, 표정도 다양하게 읽어주니 재미있었나 보다. 책을 읽어주는 시간은 아이에게도 나에게도 즐거운 시간이었다. 열심히 책을 읽어주다 보면 한 두 시간이 훌쩍 지나있었다.

큰 아이 건이는 다섯 살이 되고서야 제대로 말하기 시작했다. 아이가 말문이 터지며 동시에 글을 읽었다. 아기 때부터 매일 책을 읽어주다 보니, 자음 모음을 따로 가르쳐주지 않는데도 책에 있는 통단어를 읽기 시작했다. 읽을 줄 아는 단어가 늘어가더니 어느 날부터 책을 술술 읽었다. 내가 읽어 줬던 것처럼 목소리와 표정도 다양하게 바꾸어 가며 읽었다.

글을 읽기 시작하더니 쓰고 싶어 했다. 자연스럽게 글쓰기까지 되어 또래보다 늦게 말문이 터졌지만, 또래보다 빠르게 읽고 썼다. 의도한건 아니었는데, 즐거운 마음으로 열심히 해줬던 독서가 좋은 결과를 낳았다. 뿌듯한 마음이 들었다. 아이에게 글을 가르치느라 고민이 많은 친구나 지인이 조언을 구해왔다.

"건이는 어떻게 한글을 금방 읽고 쓰게 된 거야? 방법이 뭐야?"

그저 열심히 책을 읽어줬을 뿐이었다. 둘째 준이도 마찬가지였다. 큰 아이가 영어 유치원을 다닐 적에 매일 도서관에 가서 한글 책과 영어책을 빌려다 읽어줬다. 준이는 형 옆에서 함께 보고 듣더니 어깨너머로 영어를 배워 읽었다. 알파벳, 파닉스를 따로 가르친 적이 없었는데도 말이다. 여섯 살 때 영어유치원 입학시험 결과를 상담하면서 실장님이 놀라며 물었던 적이 있다.

"준이 어떻게 영어공부 시키셨어요?"
"따로 공부 시킨 적 없어요."

매일 책을 읽어주다 보니 등장인물에 맞게 하는 나의 연기도 늘었다. 어쩌다 친구나 가족이 와서 아이에게 책 읽어 주는 모습을 보고 웃었다.

"우와, 정말 잘한다. 너 성우해도 되겠다."
"연기도 왜 이렇게 잘해?"
"수정아, 너 표정이 정말 다양해졌다."

중학교 이후로 나는 내성적인 성격으로 바뀌었다. 초등학교 때까지는 매사에 적극적인 성격이었다. 여중에 입학하고 얼마 안 되었을 때 그런 나를 보기 싫어했던 친구가 공책 한권 분량의 한자 쓰기 숙제를 몰래 찢어 놓았던 적이 있다. 누군가 나를 미워하고 있다는 느낌을 태어나 처음 받았다. 그 때 받은 상처와 충격이 커서 일부러 털털하게 행동했다. 될 수 있으면 나서지 않고 조용히 지냈다. 친한 친구들이나 가족 앞에선 안 그랬지만, 대체적으로 표정변화도 별로 없이 뚱한 표정으로 있었다.

결혼 전 은행 동기 오빠들이 나를 '뚱' 이라고 불렀었다. 주로 뚱한 표정으로 있었기 때문이었다. 무표정일 때가 많아 차갑고 무뚝뚝한 아이라고 오해받기 일쑤였다. 학창시절 첫인상은 언제나 '무서운 아이' 였다.

속마음을 드러내고 크게 웃거나 우는 일이 거의 없었다. 크게 화가 날 일도 신날 일도 없었다. 초등학교 시절 글쓰기를 좋아하고 감수성 풍부했던 내가 감정의 폭이 좁아졌다. 타인에게 내 의견을 제시한 적도 거의 없었다. 다른 사람에게 불만이나 불평이 생겨도 말하지 않았다. 타인에 맞춰주는 것이 편하다고 느꼈기 때문이었다. 감정을 드러내지 않는 것이 편했다.

그랬던 내가 아이를 낳고 원래의 모습으로 돌아오게 되었다. 느끼는 감정의 폭이 넓어졌고, 목소리와 표정에 감정을 드러냈다. 아이 덕분에 소리 내어 웃는 일이 많아졌다. 마음이 아프거나 속상할 때는 엉엉 울기도 했다. 표정 변화도 적던 내가 나를 솔직하게 드러내기 시작했다. 아이에게 책을 읽어주느라 큰 소리로 다양한 등장인물을 연기하다 보니 감정을 드러내는 것이 어색하지 않게 되었다. 주변 사람들이 좋은 변화라고 했다.

책을 읽어주다 보니 두 아이는 어렵지 않게 글을 배웠다. 나는 감정을 표현하는 것이 편해졌다. 마음을 드러내는 것이 어렵지 않게 되었다. 책 읽어 주기를 통한 자기 계발이었다.

04

보고 있어도 보고 싶은

"보고 있어도 보고 싶은, 보고 있어도 보고 싶은, 보고 있어도 보고 싶은 그대여."

언젠가 들어본 적 있는 노래 가사이다. 두 아들을 보면 그랬다. 보고 있어도 보고 싶은 마음을 글로 설명하기가 어렵다. 단순히 사랑한다는 하나의 감정으로는 표현할 수 없다. 사랑을 넘어선 뭉클함, 애틋함까지 마음 한가득 자리 잡았다고 해야 할까. 엄마가 되고 나서 처음 느껴본 낯선 감정이지만 좋았다.

아이 돌 지나고 휴직 중이던 은행에 복직했을 때였다. 아침 일찍 출근할 때 마주치면 가지 말라고 울어서 아이가 잘 때 조용히 집을 나섰다. 출근길에도, 출근하고 나서도 틈만 나면 아이 생각이 났다. 보고 싶었다. 옆에 앉아 있던 직원과 아이 이야기를 하며 눈물이 핑 돌았다.

"아니, 주임님. 이따 퇴근하고 가면 볼 텐데 뭘 울기까지 해요."
"그러게. 그래도 너무 보고 싶어."

누구보다 빨리 일을 마무리 했다. 전체 회식이 아닌 간단한 회식은 불참했다. 일 마치자마자 아이를 보러 달려갔다. 집에 가면 바로 육아 전쟁일 텐데 저녁 먹고 차 마시고 천천히 들어가라던 동료의 말에도 아이만 생각하며 뛰어 들어갔다. 억지로 시켜서 그랬던 게 아니다. 진심으로 당장 아이가 보고 싶었기 때문이다.

집 앞에 도착해 띠띠띠띠, 게이트 맨 누르는 소리가 들리면 그때부터 아이의 소리가 들렸다. 엄마가 도착한 걸 알고 반기는 소리였다. 문이 열리자마자 서로를 향해 달려갔다.

"건이야~~~~~~."

아이는 함박웃음 지으며, 걸음마를 시작한지 얼마 안 된 서툰 발걸음을 옮겨 나에게 와락 안겼다.

"아니, 누가 보면 이산가족 상봉하는 줄 알겠어."

당시 아이를 봐 주시던 이모님이 못 말린다며 웃었다.

"매일 봐도, 보고 있어도 보고 싶어요."

아이 위주로 삶이 바뀌었다. 아이 낳기 전에는 내 위주로 생각하며 살았다. 이기적인 사람은 아니었지만, 그게 당연했다. 결혼 후에는 배려해 주는 남편 덕에 내가 조금 불편하거나 싫은 건 하지 않아도 되었다. 사소하게 식사 메뉴를 정할 때도 내가 먹고 싶은 것 위주로 정했다.

아이가 태어나고, 엄마가 되면서 달라졌다. 나보다 아이가 먼저가 되었다. 먹을 것도 아이 위주, 일주일에 한 번 온가족 외출할 때도 아이 위주, 하루의 일과를 계획할 때도 아이가 중심이었다.

"오늘 저녁에는 뭐 먹고 싶어?"
"된장찌개!"
"또? 그래, 알겠어."

어릴 때 편식이 심했던 건이는 두부나 두부가 들어간 찌개만 잘 먹었다. 콩 단백질로 키운 아이라고 할 정도로 거의 매일 밥에다가 두부 들어간 찌개만 먹었다. 육아 휴직중일 때 매끼 다양한 재료로 신경 써서 먹이니 편식 없이 아무거나 잘 먹었었다. 건이가 15개월쯤 되었을 때 은행에 복직했다. 그때 제대로 신경 쓰지 못해 아이가 제대로 식습관을 잡지 못하고 편식이 심해졌다. 편식을 고쳐보려고 노력했다. 퇴근 후나 주말에 이것저것 요리를 만들었다. 안 먹으면 혼내기도 하고, 달래기도 했지만 소용없었다.

건이가 네 살이던 어느 날이었다. 야심차게 불고기를 만들었다.

"건아! 아~."

불고기를 입에 넣고 몇 번 씹던 건이가 헛구역질을 하며 뱉었다. 부족한 솜씨지만 열심히 음식을 해줬는데 먹지 않으니 속상했다. 내가 고생한 것만 생각하고 어린 아이에게 화를 냈다.

"엄마가 너 먹으라고 이렇게 열심히 만들었는데 안 먹으면 어떻게 해!"

그날 밤 잠들었던 아이가 잠꼬대를 하며 울었다. 식은땀까지 흘리고 있었다. 건이가 잠에 취해 울면서 말했다.

"으앙, 고기 싫어!"
"미안해. 먹기 싫은 걸 먹는 게 악몽 꿀 정도로 힘들었구나."

아이의 편식 습관을 고치겠다는 생각은 그날 이후로 그만뒀다. 다양하지 않더라도 아이가 먹는 것 위주로 잘 먹여야겠다고 생각을 바꿨다. 건이가 좋아하는 음식만 먹고도 건강하게 쑥쑥 잘 자라 6학년인 지금 165센티인 내 키를 훌쩍 넘었다.

나는 평소 먹고 싶은 메뉴만 먹었다. 그러면서 아이에게는 골고루 먹어야 한다고 잔소리 하고 억지로 먹여 헛구역질까지 하게 만들었던 것이다. 아이 잘 먹이겠다고, 편식 습관 고쳐보겠다고 고민하고 애쓴 내 생각만 했던 나의 모습을 반성했다.

내가 아닌 아이의 입장에서 생각하기 시작했다. 아이의 마음을 헤아려 주고자 노력했다. 나 자신보다 아이를 먼저 생각하는 사고방식이라니, 이런 게 내리사랑인걸까. 아이를 키우면서 내가 진정한 어른이 되어간다고 느꼈다.

엄마가 되기 전에는 불만이나 불평이 있어도 속으로만 삭힐 뿐, 드러내지 못했다. 남에게 싫은 소리 하기 힘들어 하는 성격 때문이었다. 상대방에게 반대되는 의견을 내는 것도 힘들었다. 남편도 마찬가지였다. 착하거나 착한 척 하는 것이 아니라 성격이 그랬다.

결혼 한지 얼마 안 되고 부산 여행을 갔던 때의 일이다. 신나게 해수욕하고 들어와서 샤워를 하는데, 샴푸가 없었다. 호텔에 당연히 있겠지 하고 안 챙겨왔는데 말이다. 당황스러웠다.

"오빠, 여기 왜 샴푸가 없어?"

"그래? 원래 이 호텔에 없는 거 아니야?"

"응, 그런가?"

꽤 좋은 호텔이었는데, 샴푸가 없을 리가 없었다. 그런데도 그냥 비누로 머리를 감았다. 데스크에 샴푸를 달라고 요청하는 게 어려웠다.

다음 날 아침에 일어났는데 머리가 찰랑찰랑 했다.

"비누로 머리를 감아서 그런가, 머릿결이 더 좋아진 것 같아."

비누로 머리를 감아 머릿결이 좋아졌다며 합리화했다. 당연히 요구해도 되는 상황에서도, 그 말을 꺼내는 것이 힘들었다.

웃으며 넘길 수 있는 상황도 있었지만, 마음에 상처로 남아 힘들었던 적도 많다. 속상해도 상대에게 이야기 하는 게 더 힘들어서 혼자서 끙끙 앓았다.

엄마가 된 후, 아이와 관련된 일에 있어서 불편하거나 요구할 것이 생겼을 때는 말하기 싫어도 말을 해야 했다. 처음에는 다니던 학원에 환불 요구하는 것조차도 힘들었다. 당연히 요구할 수 있는 권리였는데도 말이다. 아이를 키우다보니 달라졌다. 이제는 요구할 줄 알게 되었다. 아이가 불편하고 속상한 상황이 생기면, 아이를 위해 그 상황에 변화를 정중히 요구했다. 아이에게 불합리한 상황에서는 엄마인 내가 나서서 거절할 수 있게 되었다. 이제는 아이 일이 아니더라도 불편한 상황에서는 불편하다고 말할 수 있다. 상대의 의견에 반대한다는 의사 표현도 어렵지만, 하고 있다.

아이를 키우며 아이의 마음을 생각하다 보니 나 중심으로 돌아가던 세상을 다른 시선으로 바라보고 생각할 줄 알게 되었다. 불편해도 할 말도 못하고 참기만 했던 내가, 정당한 요구를 할 수 있게 되었다. 반대의 목소리도 낼 줄 알게 되었다. 내가 육아를 하며 성장했다.

05

관심사 노출시켜주기

어릴 적 시골에 놀러 가면 친척 오빠가 잠자리나 여치, 방아깨비를 잡아서 손에 쥐어 보라고 주곤 했다. 그때마다 비명을 꺅꺅 지르면서도 꼭 한번 쥐어 보려했다. 새끼 손가락만한 곤충이 뭐 그리 무섭다고 호들갑이었는지 모르겠다.

어른이 되고서 여름에 맴맴 들려오는 매미 소리 말고는 곤충에 신경 쓸 일도 관심 가질 일도 없었다. 엄마가 되고 나서 두 아이 때문에 곤충에 관심 갖게 되었다. 여름철, 잠시 쉬고 있는 잠자리가 보이면 가던 길을 멈추고 두 아이는 그 앞에 조용히 서서 바라만 봤다.

"한번 손에 쥐어볼래?"
"응!"

날개를 살짝, 그리고 재빠르게 잡아 검지와 중지 사이에 꼈다. 그리고서 아이의 작은 검지와 중지 사이에 잠자리 날개를 옮겨 주었다. 내가 어릴 적에 그랬던 것처럼, 두 아이는 촉감이 낯설어서 그런지 조금 무서워서 그런지 꺅꺅 소리를 지르면서도 좋아서 방방 뛰었다.

눈에 잘 보이지도 않는 땅바닥 수많은 곤충들을 무심코 지나치는 법이 없는 두 아이였다. 길을 갈 때도 땅바닥만 보고 가다가 개미, 공 벌레, 집게벌레 등을 발견하고 한참동안 곤충과 놀았다. 큰 아이가 여섯 살 때, 주말마다 곤충을 보러 다녔다. 대부분 남자 아이들이 거쳐 가는 곤충박사시절이었다.

"건이야, 주말에 어디가고 싶어?"
"사슴벌레, 장수풍뎅이 보러 가고 싶어!"
"또?"

주말마다 장수풍뎅이나 사슴벌레를 찾아 다녔다. 아이의 머릿속에 곤충이 가득했다. 집에는 곤충 책이 종류별로 있었다. 장수풍뎅이와 사슴벌레를 키웠다. 장수풍뎅이와 사슴벌레를 키우는 것이 소원이라고 하니 허락할 수밖에 없었다. 두 아이는 틈만 나면 사육 통에서 곤충들을 꺼내주고, 책을 읽어줬다. 말도 걸어줬다.

"나는 지금 피자를 먹고 있는데 진짜 맛있다. 너도 젤리 많이 먹고 쑥쑥 자라렴."

장수풍뎅이는 이름 그대로 어찌나 힘이 넘치던지, 옷에 다리를 한 번 붙이면 떼어 내려 해도 꿈적 않고 붙어 있었다. 몇 번이나 떼어 내려하면 성질이 나서 그러는 건지, 갑자기 숨겨 놓았던 날개를 펼쳐 파르르 날갯짓을 하여 날아올랐다. 깜짝 놀라 뒤로 물러선 채 비명을 지르며 몸이 얼음이 되어 있다 보면 스르르 어딘가에 착지해 앉았다. 재빨리 녀석의 몸통을 잡아 사육 통에 넣어 주었다.

두 마리의 사슴벌레를 키웠다. 가끔 투곤을 시킨다고 사슴벌레끼리 맞붙여 놓았다. 사슴벌레가 서로 무관심하면 두 아이는 시무룩했다. 서로 턱(뿔)을 맞대고 앞뒤로 왔다 갔다 싸울 때면 엄청난 경기를 보듯 박수치며 즐거워했다. 구경하는 것도 잠시, 큰 아이는 바로 둘을 분리해 사육 통에 넣어 주었다.

"너무 오래 하면 얘네 스트레스 받아."

사육 통으로 들어간 곤충들이 사료인 젤리를 먹고 있을 때면 시간 가는 줄도 모르고 들여다보고 있었다.

서점에 데리고 가면 언제나 곤충 책을 골랐다. 책이 너덜너덜해질 때까지 보고 또 보고 읽고 또 읽었다. 몇 페이지에 어떤 곤충이 나와 있는지 알 정도였다. 책으로 얻은 곤충 관련 지식을 나에게, 가족에서 이야기 하듯 들려줬다.

주말에 어디 가고 싶냐고 물으면 언제나 사슴벌레, 장수풍뎅이를 보러 가고 싶다고 했다. 넓적 사슴벌레, 왕 사슴벌레, 장수풍뎅이는 근처 롯데월드 내 환상의 숲에만 가도 볼 수 있었다. 코카서스 장수풍뎅이, 헤라클레스 장수풍뎅이, 기라파 사슴벌레, 뮤엘러리 사슴벌레 등 흔히 볼 수 없는 곤충은 전시관을 검색해 찾아갔다. 이토록 다양한 곤충이 세상에 존재하는지, 곤충 박물관이 이렇게 전국에 많은지 아이 덕분에 알게 되었다. 책에서 보던 곤충을 두 눈으로 직접 보여줄 수 있다는 생각에 열심히 데리고 다녔다. 박제되어 있는 곤충들을 보는 것만으로도 건이와 준이는 즐거워했다. 신나서 "우와!"하며 감탄사를 내뱉고 폴짝폴짝 뛰었다. 책에서 보고 기억한 관련 지식을 재잘재잘 떠들었다. 그 모습이 얼마나 귀여웠는지 모른다. 그 예쁜 모습 때문에 주말마다 남편과 나는 두 아이를 데리고 부지런히 곤충 박물관을 찾아 다녔다.

박물관에서 다양한 장수풍뎅이와 사슴벌레를 보고 여러 감정을 느낀 후 집에 와서 그림으로 그렸다. 수시로 그렸다. 당시 우리 집에는 종이 사슴벌레 장수풍뎅이가 수백 마리 넘게 있었다. 실물과 똑같이 그린 게 아니라 자기만의 감성과 느낌으로 그렸다. 사슴벌레나 장수풍뎅이가 등장하는 만화를 그리기도 했다. 아이가 좋아해서 데리고 다녔던 것인데, 지식 습득을 넘어 감성 넘치는 미술 작품으로 만들어 내는 모습이 기특했다.

두 아이가 공룡 박사이던 시절도 있다. 공룡에 빠져 공룡을 좋아할 때는 공룡 영화를 찾아 봤고, 공룡 박물관을 찾아 다녔다. 공룡 책도 여러 권 있었다. 뭐라 질문하면 크아앙! 공룡 소리를 내며 대답할 때가 많았다.

"다 먹은 거야? 더 안 먹어도 돼?"
"크아앙."
"양치했니?"
"크아앙"
"옷 갈아입었니?"
"크아앙!"

큰 아이가 7세 때 축구 수업에 갔는데 공에는 전혀 관심이 없고 손 모양을 티라노사우루스처럼 만들어서 한 시간 내내 공룡처럼 뛰어 다니기만 했다. 그 모습을 보고 어찌나 웃음이 났는지 모르겠다.
'안킬로사우루스의 곤봉은 단단한 케라틴 뭉치로 만들어졌다. 티

라노사우루스의 이빨은 뿌리가 깊어 절대 빠지지 않는다. 알로사우루스의 악력은 사자보다 약한데 매우 강한 목 근육을 이용해 위턱으로 도끼처럼 내리찍어 사냥했다. 등등'

두 아이 덕분에 나 또한 다양한 공룡 이름은 기본이고 공룡에 관한 지식을 꽤 많이 알게 되었다. 두 아이는 쌓이고 넘치도록 공룡을 그리고 만들었다. 당시 두 아이의 꿈은 형제 연구소를 만들어 유전자 조합을 통해 멸종한 공룡을 살려내는 것이었다.

"우와, 멋진 꿈이다."

허무맹랑하고 영화에나 나올 법한 이야기인데, 언젠가 정말로 이 형제가 해낼지도 모르겠다는 생각이 들었다.

두 아이가 관심 있어 하는 분야의 환경을 제공해주다보니 나도 '알쓸신잡'(알아두면 쓸데없는 신비한 잡학사전)의 전문가가 되었다. 전업주부에게는 필요 없는 지식이지만, 내가 전혀 몰랐던, 관심조차 없었던 것에 대해 꽤 많은 지식을 얻을 수 있었다.

06

자연과 가까이

바쁜 아빠를 대신해 에너지 넘치는 두 아이와 온 몸으로 놀아줬다. 비가 오는 날에 물총을 가지고 나가서 빗속에서 뛰어다니며 물총놀이를 했다. 처음에는 두 아이 다 비 맞는 걸 어색해하고 불편해 했다. 하지만 놀다보면 신나서 까르륵 대며 뛰어다녔다. 두 아이의 웃음소리는 자기 전까지 귓가에 맴돌았다. 독박육아로 지쳤지만 하소연하기 힘들었던 마음을 달래주는 기분 좋은 웃음소리였다.

눈이 펑펑 내리는 날이면 밖에 나가서 눈싸움 하고 썰매를 끌며 달렸다. 바다에 가면 환호성과 함께 물속으로 바로 뛰어드는 두 아이를 따라 들어가 첨벙거리며 함께 놀았다. 비 맞으며 놀고, 눈에서 놀고, 바닷물에 들어가 노는 것이 두 아이를 위한 것이기도 했지만 나도 즐거워서 했던 일이다.

틈 날 때마다 두 아이와 집 근처 산에 가서 놀았다. 날이 좋을 땐 슬슬 산책 하듯 걸었다. 추운 날에는 옷을 몇 겹씩 껴입고 마스크에 장갑에 모자까지 끼고 중무장 한 채 산에 갔다. 한파 속 산길도 걸을 만 했다. 우리는 추위도 잊은 채 산에서 신나게 놀았다. 비가 오는 날에는 비 맞을 작정으로 우산을 일부러 집에 두고 갔다. 빗속의 산은 상상 이상으로 환상적이었다. 눈에 보여 지는 모습뿐 아니라 냄새, 빗소리, 모든 게 좋았다. 산에 가면 장난감이 없어도 흥미로운 것들이 많았다. 특히 산 초입에 있는 작은 개울이 호기심을 자극했다. 멀리서 얼핏 보았을 때는 더러운 흙탕물로 보여 관심을 두지 않고 지나치던 작은 물웅덩이가 있었다. 어느 날 가까이 가서 보니, 물이 맑았다. 심지어 도롱뇽 알, 개구리 알까지 있었다. 물웅덩이가 아니라 산 위쪽에서부터 흘러내려오는 작은 개울이었다.

"엄마, 이 물이 알고 보니 1급수였나 봐. 도롱뇽 알은 1급수에서나 볼 수 있는 건데."
"우와! 이렇게 깨끗한 물이었다니."
"다음 주에는 알이 부화했나 보러 오자."

그 날 이후로 작은 개울은 우리의 필수 코스가 되었다.
개울을 지나 조금 걸어 올라가다 보면 철봉이 있었다. 나는 철봉을 볼 때마다 그냥 지나치지 못하고 습관처럼 매달렸다. 그때마다 두 아이는 저도 해보겠다고 아우성이었다.

"우와!"
"나도 해볼래."

한 명씩 안아 올려 줬다. 건이는 철봉에 대롱대롱 매달렸다가 철봉 위로 올라갔다. 준이는 힘이 부족했는지 금방 땅바닥으로 떨어졌다.

장마철이라 습기 가득하고 무더운 산을 등산하다 지친 둘째 준이를 업고 정상까지 올랐던 적도 있다. 숨이 차고 다리가 후들거렸지만, 정상까지 오르기로 약속했으니 중간에 포기하고 싶지 않았다. 옷이 땀으로 흠뻑 젖고 숨은 가빴지만 행복했다. 정상에 오른 순간, 우리를 스치며 더위를 달래 주던 시원한 바람, 하산 길 늦여름 어느새 피기 시작해 반가웠던 코스모스의 모습은 몇 년이 지난 지금까지도 소중한 기억으로 남아있다.

〈 봄바람 〉

휘날리는 어느 날, 따뜻한 햇살이 비치는 아침
가볍게 일어나 봄바람을 맞으며 걸어간다.

봄바람에 휘날리는 벚꽃 잎에

행복한 추억을 맞이하며 걸어간다.

더욱 좋은 추억은 이제부터 시작이다.

어느 해 봄, 산에 다녀온 둘째 준이가 '봄바람' 이라는 시를 썼다.

"우와, 우리 준이 감수성!"

산이나 길에서 인상 깊게 보았던 자연의 모습, 그때 느꼈던 감정을 시로 쓰는 아이의 모습이 놀라웠다. 아이의 감수성이 타고난 것도 있겠지만, 어릴 때부터 자연을 가까이하면서 깊어진 게 아닐까 생각한다. 지식과 자연, 모든 것을 스펀지처럼 흡수하는 두 아이 덕분에 육아하는 게 신나고 지루하지 않았다. 아이가 책을 통해 지식을 얻고, 자연을 보고 느끼는 모습이 대견했다.

건이, 준이는 짜증내고 기분이 좋지 않다가도 근처 산이나 공원에 잠시라도 다녀오면 어느 새 기분이 풀려 깔깔댔다. 자연을 가까이하며 기분 전환하는 방법을 아이들도 알게 된 것 같다.

나도 어릴 때 자연과 함께 했던 기억이 많다. 비 맞고 뛰어 놀고 눈 쌓인 길바닥에 누워 뒹굴었다. 맨발로 뛰어 놀기도 했다. 동네에서 노는 게 지겨울 땐 쌍둥이 언니와 큰 길 건너 산에 갔다.

초등학교 때 할머니를 따라 다닌 약수터 기억이 많이 난다. 집에서 버스 타고 한참을 가야 약수터가 있었다. 버스는 언제나 만원이었다. 답답하고 힘들었지만 꾹 참았다. 조금만 참으면 약수터에 갈 수 있었기 때문이다. 버스에서 내리면 공기부터 달랐다. '쓰읍.' 숨을 크게 한번 들이마셨다. 흙냄새 맡으며 걸었다. 새소리를 들으며 걸었다. 길옆에는 개울이 있었다. 가다가 멈춰 개울에 발을 담그고 놀았다. 여름에는 작정하고 개울에 뛰어들어 놀기도 했다. 쌍둥이 언니와 수다 떨고 장난치며 걷다 보면 어느 새 산 중턱, 약수터였다. 약수통을 줄 세워 놓고 할머니는 쉬고 언니와 나는 주변을 뛰어 다니며 놀았다. 특별한 무언가를 하지 않아도 웃음이 났다. 약수터에 갔을 때는 인상을 찌푸리거나 울었던 적이 없다. 하루 종일 걷고 뛰어도 다리가 아프지 않았다. 어릴 때라 잘 몰랐지만, 자연 속에서 놀며 나도 모르게 쌓였던 스트레스를 풀고 위로 받았던 것 같다.

자유영혼 두 아이와 놀면서 자연과 가까이 지내다 보니 그 시절이 떠올랐다. 잊고 지낸 동심을 찾았다. 마음이 힘들고 괴로울 때, 어릴 적에 그랬던 것처럼 자연을 통해 위로받았다. 무심코 지나칠 수 있는, 매일 모습을 달리하는 변화무쌍한 자연을 보며 위로를 받고 내 곁에 있는 행복을 깨달았다.

불과 작년까지만 해도 이렇게 자연과 가까이 지내는데 거리낌이 없었다. 2019년 중국에서 시작된 코로나 바이러스가 세계적으로 유행하면서 상황이 달라졌다. 외부활동이 쉽지 않게 되었다. 온라인 강의만 하다 6월부터 겨우 시작한 등교도 주 1회뿐이었다. 몇 달 간 이어진 '집콕 생활'로 스트레스가 쌓였다. 살면서 어쩔 수 없이 쌓이는 스트레스를 자연을 통해 해소했는데, 그게 마음처럼 안 되니 힘들다. 두 아이도 마찬가지이다.

마스크 착용과 사회적 거리두기가 필수가 된 요즘이다. 사람이 적은 오전이나 저녁에 마스크를 끼고서라도 근처 공원이나 산에 다니기는 하지만 예전처럼 마음껏 자연을 느끼며 지낼 수 없어 아쉽다. 언제나 자연과 가까이 할 수 있던 평범한 일상이 그리워진다.

07

육아, 그 행위 자체가 계발

두 아이가 보고 싶다며 친정 아빠가 오랜만에
오셨다.

"할아버지!!!"
"응, 그래. 잘 있었어?"
"응! 보고 싶었어요!"

어릴 때는 주말마다 친정에 데리고 갔었는데, 아이가 크면서 만나
는 횟수가 줄었다.

아빠는 오랜만에 만난 두 외손자가 반가워 활짝 웃었다. 평소에 큰
표정 변화 없는 무뚝뚝한 아빠인데도 말이다. 두 아이 역시 방방 뛰
며 할아버지를 반가워하는 마음을 온몸으로 표출했다. 기분이 업 되

고, 흥분해서 평소보다 말이 많아졌다. 목소리도 커졌다. 홀쩍 덩치가 커진 두 녀석이 온 거실을 왔다갔다 난리법석이었다.

집에 와서 인사한지 삼십분도 채 지나지 않았을 때 아빠가 말했다.

"그럼 난 이제 갈게."

"응? 벌써?"

"응. 잘 있어!"

아빠는 언제나 그랬다. 아이들 보고 싶다며 시간을 내 집에 오시고는 그렇게 금방 간다 했다.

"보고 싶어서 왔는데, 막상 너희 집에 오면 정신이 하나도 없어. 그래서 금방 피곤해."

망아지 같은 두 아들의 특기는 사람 정신 빼놓기이다. 어릴 때는 장소를 불문하고 바닥에 드러누웠다. 이리저리 뛰어 다녔다. 사람이 많아지면 더했다. 주목받고 싶어서였을까, 왜 그랬는지 모르겠다. 전후사정 살피지 않고 이리 뛰고 저리 뛰었다. 위험천만한 순간도 많았다. 아찔한 순간에 순발력을 발휘해 급한 대로 머리채를 잡았다. 머리숱이 많으니 금방 손에 잡히는 것이 머리채였다. 이성을 잃고 고삐 풀린 망아지처럼 날뛰다가 머리채를 한번 잡히고 나면 정신이 번쩍 드는지, 얌전해지곤 했다.

두 아이가 활발하고 에너지가 넘치는데다가 하고 싶은 이야기도 어찌나 많은지, 쉴 새 없이 재잘재잘, 조잘조잘 수다를 떨었다. 하루 종일 두 녀석 이야기를 듣다 보면 머리가 빙글빙글 돌았다.

예전에는 내가 두 아이에게 소리 지르면, 소리 좀 그만 지르라고 했던 친정엄마가 말했다.

"네가 왜 그렇게 소리를 자꾸 지르나 했는데, 소리 지르지 않으면 말을 듣지를 않네. 너 아니면 얘네 어떻게 감당하나 싶어."

주변에서는 아이들이 소란스럽고 정신없다고 느끼는 것 같았다. 내가 보기에는 어릴 때 보다는 차분해지고 어른스러워졌다. 시끄럽던 아이들이 떠들지 않고 차분하게 있으면 오히려 걱정이 된다.

"무슨 일 있어? 어디 아픈 건 아니지?"
"아니, 왜?"
"너무 조용하니까 걱정되네."

가슴이 답답해 터질 것 같은 순간에는 사자후가 나오기도 하지만,

아이에게 소리 지르지 않고 친절한 말투로 이야기 하려고 노력하고 있다. 사춘기가 온 큰 아이를 유리구슬 다루듯 조심스럽게 대하고 아이를 존중해 주기로 마음먹었기 때문이다. 아무리 바쁜 상황에서도 큰 소리를 내야만 겨우 꿈틀 움직이는 아들 녀석이지만 말이다.

신기하게 엄마인 나는 두 아이의 감정을 느낄 수 있다. 아이들이 딱히 어떤 말을 하지 않아도 말이다. 뱃속에서 탯줄로 연결되어 한 몸으로 있다가 세상에 태어나서도 쭉 함께 붙어 지내다 보니 그런 걸까. 온 신경이 두 아이에게로 곤두서 있기 때문일까. 구체적이지는 않더라도 아이가 기분이 좋은지 나쁜지 정도의 감정은 느껴진다.

"뭐가 그렇게 신났어? 기분 좋은 일 있었나 봐."
"왜 이렇게 짜증이 났을까?"

어떤 날에는 질문에 답해 줬다. 어떨 때는 묵묵부답이었다. 그냥 아이가 원하는 대로 됐다. 대답을 해주면 같이 대화하고 아닐 때는 더 묻지 않았다. 처음부터 그랬던 것은 아니다. 아이 기분이 좋아 보이지 않으면, 걱정되는 마음에 꼬치꼬치 묻곤 했다.

매일 반성하고 후회하는 순간이 있지만 처음보다는 엄마라는 위치가 익숙해 졌다. 두 아이가 얌전하면 걱정을 할지언정 집에서 아무리 소란스러워도 거슬리지 않는다. 건이 준이의 엄마로서 육아 고수까지는 아니지만, 초보에서는 벗어났다.

아이가 처음 태어났을 때는 울면 왜 우는지 알 수 없었다. 아이 젖 물리는 것조차 식은땀을 흘렸다. 며칠 지속된 설사에 기저귀 발진이 나서 엉덩이가 빨갛게 부어오를 때면, 물에 녹차를 우려내어 그 물로 엉덩이를 닦아주고 잘 마르게 부채질 해주고 크림을 발라줬다. 그래도 안심이 되지 않아 하루 종일 아이 엉덩이만 쳐다보며 가슴 아파 했다. 노심초사 하며 우울해 했다.

큰 아이 건이가 돌이 지나고 나서 문화센터나 놀이터에 데리고 갔다. 다른 아이들은 선생님을 보고 따라했지만 건이는 선생님을 보지 않고 다른 것에만 관심이 있었다. 놀이터 안에서 노는 아이들과 달리 건이는 놀이터를 벗어나려고만 했다. 당황스러웠다. 눈앞이 캄캄해지는 기분이었다. 대체 왜 내 아이만 이렇게 다른 걸까 고민되었다. 문제가 있는지 걱정되어 남편에게 털어 놓으며 울기도 했다.

유치원, 학교에서 선생님이 시키는 대로 하지 않았다. 선생님이 말씀하는 것이 아닌 다른 것에 집중할 때가 많았다. 창의력이 높고 관찰력이 뛰어나다며 좋은 면을 봐 준 선생님도 있었지만 그렇지 않은 선생님도 있었다. 괴로웠다. 선생님, 부모님 말씀 듣는 것이 당연했던 나로서는 도무지 이해가 되지 않았다.

큰 아이보다 얌전했던 둘째 준이는 자유영혼 건이와 달리 모범생이지 않을까 기대했다. 아니었다. 정해진 수업 시간 안에서 본인이 하고 싶은 이야기가 많은 아이였다. 지적 받는 일이 많았다. 수학 학원에서 쫓겨난 적도 있었다.

"준이가 똘똘한 아이인 건 어머님도 아시죠? 저희 원에서도 준이를 놓치기 아까워요. 하지만, 수업에 방해가 된다고 다른 학부모로부터 항의가 많이 들어와요."

좋게 말했지만, 나가달라는 뜻이었다. 학습능력은 되는데 태도 때문에 학원을 다닐 수 없다니, 마음이 아팠다. 친정 엄마랑 통화하며 하소연 했다.

"나는 평범했는데 왜 내 아들은 둘 다 유별난 거야? 어떻게 키워야 할지 모르겠어."

지금은 그렇지 않다. 사사건건, 일희일비 하지 않는다. 엄마인 내가 어찌할 수 없다는 걸 알았다. 아이 성향을 존중해주려 노력하고 있다. 힘들고 서툴렀던 많은 것에 능수능란해졌다. 하루 종일 장난치고 시끄럽게 떠드는 두 아이를 보며 주변에서는 정신없어 하지만 나는 괜찮다. 귀엽게 보이기까지 한다.

처음부터 기저귀를 잘 갈았던 건 아니다. 매일 수십 번 씩 갈아주다 보니 능숙해졌다. 처음에는 아이 목욕시키는 일이 얼마나 부담스러운 일이었는지 모른다. 매일 해주다 보니 별 일이 아닌 일이 되었다. 요리를 전혀 못하던 내가, 두 아이를 먹이다 보니 아무렇지도 않게 매일 다양한 음식을 만들어 내고 있다. 아이를 평가하는 사소한 말에 휘둘리고 신경 쓰며 상처받았던 내가, 이제는 크게 상처받지 않는다. 아이가 이해되지 않아도 속상해하지 않으려 한다. 내 기준으로 생각하지 않고 아이를 인정해 주기로 했다. 육아를 하다 보니 어느 새 내가 변했다. 여전히 부족한 게 많지만, 발전했다. 아이를 키우며 나도 성장했다. 육아라는 행위 자체가 나에게는 자기 계발이었던 것이다.

08

더 이상 육아는
자기 계발 대상이 아니다

몇 년 간 육아를 하며 행복하고 보람 있었다. 진짜 '어른'이 되고 있다 느꼈다. 육아를 하며 발전하고 있다니, 육아는 나에게 자기 계발의 대상이었다.

두 아이에게 학습적인 욕심을 내면서부터 육아가 힘들게 느껴졌다. 나만의 계획과 목표를 만들어 놓고 그 틀 안에 아이를 넣으려 했다. 늘 시간이 부족하게 느껴졌다. 뭐 하나라도 더 가르쳐야 한다는 압박이 나와 아이들을 힘들게 했다. 공부만으로도 바쁜데, 노는 시간도 중요하게 생각했다. 억지로, 쥐어짜듯 시간을 내 공원이나 산에 갔다. 어릴 적부터 틈만 나면 갔던 것처럼.

잠깐이라도 밖에서 시간을 보내면 아이들의 스트레스가 풀리지 않을까 생각했다. 공부시키며 채찍질했던 못된 엄마를 좋은 엄마로 합리화 하고 싶었던 게 아닐까 싶다.

당시 나는, 대치동 학원의 레벨을 중요하게 생각했다. 아이 친구보다 학원레벨이 나오지 않거나, 친구가 갔다는 학원에 불합격 하면 가슴이 철렁했다. 머리를 한 대 쿵 맞은 것 같이 멍했다. 거울을 보지는 않았지만, 그때 내 얼굴은 하얗게 질려 있었을 것이다. 좌절했다. 아이도 속상했을 텐데, 제대로 된 위로를 해주지 못했다.

"노력했는데 결과가 좋지 않았다는 건, 더 많은 노력이 필요하다는 거겠지. 우리 더 열심히 하자."

아이는 울지도 못하고 고개만 끄덕였다.

재촉하며 달려왔던 과정이 허무해지는 결과를 보고 '성실하게, 열심히 했는데 뭐가 문제였을까?' 밤새 고민했다. 허무함, 공허함, 우울함이 동시에 밀려왔다. 육아가 더 이상 뿌듯하지도 즐겁지도 않았다. 마음에 여유가 하나도 없었다. 아이와 사이가 나빠졌다. 나는 다 그치고 잔소리 했고, 아이는 반항했다. 산 넘어 산인 게 육아라는 생각이 들었다.

그런 나를 옆에서 지켜보던 친정엄마가 말했다.

"수정아, 너 아이에 대한 초심을 잃은 것 같아. 아이마다 타고난 그릇이 있는 거야. 억지로 네가 어떻 게 하려고 하지 마. 너무 집착하지 마."

"내가 알아서 할게. 다들 이 정도는 해. 이 정도면 많이 시키는 것도 아니야."

　그 당시에는 엄마의 조언, 충고가 귀에 들어오지 않았다.
　교육환경이 과열되어 있다는 것을 모르는 건 아니었지만 주변에서 다 하니까, 이것저것 열정적으로 가르쳤다. 눈치게임 하는 것처럼 말이다. 가끔씩 욕심을 내려놓기도 했지만, 다른 엄마를 만나 대화하면 금세 초조해졌다.
　'이렇게 여유 부릴 때가 아니었나 봐.'
　직장생활 하며 떨어졌던 자존감을 회복시켜준 것이 육아였다. 그랬던 육아가 스트레스가 되었다. 나를 성장시키기는커녕, 내가 아이를 괴롭히는 나쁜 사람이 되어가는 것 같았다. 엄마로서 자격이 있는 걸까, 자괴감이 들었다. 회복되었던 자존감을 무너뜨리고 있었다.
　육아에 최선을 다하며, 바쁘지만 행복했던 전업 주부의 일상이 싫어졌다. 힘들어 하는 아이를 보고 욕심내지 않겠다고 했던 다짐은 언제나 작심삼일을 넘기지 못했다. 굴레를 벗어나고 싶었지만 언제나 도돌이표였다.
　큰 아이가 초등학교 4학년이 되었을 때, 아이의 스트레스는 극에 달했다. 당시 건이는 자신의 마음을 제대로 표현하지 못했다. 하루는 답답한 마음에 건이에게 따지듯 물었다.

"아니, 건아. 싫으면 싫다고 말을 해야지. 왜 가만히 있어? 욕은 또 왜 하는 거야?"

친구가 하는 행동이 싫으면 싫다고 말을 하고, 의견이 다르면 논쟁을 해야 할 텐데 그러지 못했다. 말을 못하고 참다가 욕설을 내뱉어 버렸다. 그래서 상대가 먼저 시비를 건 경우에도 결국엔 건이가 혼났다. 억울한 일도 혼날 일도 많았다. 스트레스 받을 일 천지였다. 게다가, 공부로 닦달하는 나 때문에 스트레스를 두 배로 받고 있었다. 수학학원 같은 반 친구들 모두 수학공부를 잘했는데도 매일 열심히 공부하는 것을 잊지 않았다. 건이도 최선을 다했지만, 다른 아이들의 수학성적을 따라가기에는 역부족이었던 것 같다. 건이는 그것도 스트레스였을 것이다.

현재 초등학교 6학년인 건이가 2년 전 그 때 이야기를 했다.

"엄마, 그때 나, 수학학원 가는 거 너무 스트레스 받았어. 쉬는 시간에 혼자 화장실 가서 토한 적도 있어."
"어머, 그랬어? 많이 힘들었구나. 미안해."

나는 마음이 급한데 아이가 계획한대로 움직이지 않으니 화가 났다. 참고 참다가 들고 있던 펜을 집어 던졌다. 건이를 겨냥해 던진

게 아니었는데 하필 그 펜이 건이 이마를 스쳤다. 건이 이마가 살짝 찢어졌다. 피가 철철 흘렀다. 잘 울지 않는 건이가 엉엉 큰 소리로 울었다. 미안하다는 말이 나오지 않았다.

'일부러 맞추려고 던진 게 아니었는데. 그러게 엄마 폭발하기 전에 말 들었어야지.'

제정신이 아니었다.

요즘에도 가끔 건이와 '펜 사건' 이야기를 한다.

"엄마, 그때 내 이마에서 피가 철철 나는데, 나 죽는 줄 알았어."
"건이야, 엄마가 그때는 미쳤었나 봐. 진짜, 정말, 너무 미안해."

'펜 사건' 이후로 건이는 내 말에 더 반항했다. 싸우면서 소리를 질렀다. 엘리베이터에서 옆집이나 아랫집 이웃을 만나면 친절하고 상냥하게 인사를 건넸다.

"안녕하세요?"

내 얼굴이 화끈거리는 것이 느껴졌다. 집에서 고래고래 소리를 질러대니 다 들릴 텐데, 상냥하게 인사하는 내 모습이 부끄러웠다. 이중인격, '지킬 앤 하이드'가 따로 없었다.

보고 있어도 보고 싶던 그 아이가 미웠다. 목숨 바쳐 사랑해도 부족한 존재였는데, 미운 감정이 들다니, 놀랍고 당황스러웠다. 정신이 번쩍 들었다. '하이드'한테 지배당하던 정신이 돌아왔다.

'더 이상 이렇게 살면 안 되겠다. 이대로 가면 영영 관계회복이 어렵겠어.'

살짝 금이 생긴 관계가 와장창 깨져 버리기 전에 고쳐야겠다고 생각했다.

고민 끝에 아이 심리 상담을 데리고 갔다. 스트레스 지수가 많이 높다고 했다. 아이의 스트레스 회복을 위해 노력했다. 가장 큰 스트레스의 원인 중 하나였던 학업을 내려놓았다. 다니던 학원을 그만뒀다. 열심히 달리다가 멈춰 쉬려니 어색했다. 한시라도 쉬면 뒤쳐질 것이라는 생각에 불안했다. 그래도 꾹 참았다. 학원가를 향해 활짝 열려 있던 눈과 귀를 닫았다.

사소한 말투도 상냥하게 바꾸려 노력했다. "빨리 빨리"란 말이 입에 붙었지만, 하지 않으려고 했다. 당연히 쉽지 않았다. 몇 년간 내 안에 굳어져 있던 조급증, 불안증, 그로 인한 불친절한 말투는 한 순간에 고쳐지는 게 아니었다. 금이 가서 깊게 상처 났던 관계가 아물어 회복되기까지, 욕심을 버리기까지, 일 년이 넘는 시간이 걸렸다.

여전히 비워내고 버려야 할 욕심이 있다. 노력하고 있다. 아이를 믿고 기다려 주고자 애 쓰고 있다. 온통 아이로만 가득했던 마음과 머리를 비웠다. 쉽지는 않았지만 육아에 열정을 줄이고 나니 마음이 편해졌다. 아이와의 관계도 회복되었다.

몇 년간 아이에게만 쏠려 있던 시선을 돌려 다른 것을 둘러보았다. 열정을 쏟을 만한 다른 대상을 찾기 시작했다. 육아는 더 이상 나에게 자기 계발의 대상이 아니었다.

나의 이야기를 통해 자기 계발을 원하면서도 도전하기를 망설이는 누군가에게 발상의 전환을 주고 싶었다. 어쩔 수 없이 해야 하는 현실 속 일들이 자기 계발의 대상이 될 수 있다고 생각한다. 전업주부인 나에게 육아는 현실이면서도 값진 자기 계발의 대상이었다.

Chapter

03

전업주부의 체력 계발

Chapter 03

몸이 건강해지고 예뻐지니 마음도 건강해지는
느낌이었다. 5년 간 자기 계발 대상으로 내 삶의 커다란
한 부분을 차지했던 필라테스이다.

01

언제부터 내가
저질체력이 된 걸까

어린 시절에는 밖에 나가서 뛰어 노는 것이 일상이었다. 집 밖에 나가면 동네 아이들도 다 나와 놀고 있었다. 약속이나 했던 것처럼 말이다.

비가 오면 비를 맞고 놀았다. 첨벙첨벙, 물웅덩이를 맨발로 뛰어다니면 얼마나 신났는지 모른다. 시원하게 내리는 빗물이 집 앞 경사진 길을 다라 졸졸졸 흘러 내려가는 걸 보고 있으면, 시골에 가야만 볼 수 있는 개울이 눈앞에 짠! 하고 생긴 것 같아서 신나는 마음으로 뛰어 다녔다.

어릴 적에는 눈이 펑펑 내려 쌓였던 날이 지금보다 많았던 것 같다. 하얗고 폭신한 눈밭에서 노는 건 흥분되고 신나는 일이었다. 걸을 때마다 뽀득뽀득 소리가 나는 것이 재미있어서 한참을 눈 위에서 걸었다. 눈을 굴려 큰 눈사람을 만들다 보면, 입김이 나오는 한겨울인데도 이마에 땀이 날 정도였다. 눈싸움도 빠질 수 없었다. 상대방이 던지는 눈을 피하려고 온 동네를 뛰어다녔다.

해가 쨍쨍 내리는 날에는 더운 줄도 모르고 말 타기 놀이, 고무줄 놀이, 술래잡기, 무궁화꽃이 피었습니다 놀이를 했다.

"동동 동대문을 열어라, 남남 남대문을 열어라. 열두시가 되면 문을 닫는다."

동대문 놀이도 했다. 똑같은 놀이를 많이 해서 지겨운 날에는 쌍둥이 언니와 큰 길 건너 산에 놀러 가기도 했다.

신나게 뛰어 놀면서 운동량이 많아지고 해를 자주 쐬다 보니 체력이 자연스레 좋아졌다. 중고등학교 학창시절, 특별한 운동을 하지 않아도 잘 버틸 수 있었다. 매일 다섯 시간 내지 여섯 시간 자는 생활을 했지만 피곤하지 않았다. 많은 친구들에게 있었던 빈혈도 없었다. 감기에 걸렸던 적도 거의 없다. 특별한 영양제나 건강보조식품을 먹지 않아도 말이다. 고3 때 수능을 준비하면서, 일찍 일어나 공부하겠다고 맞춰 놓은 알람이 새벽 세 시, 네 시에 울려도 오뚝이처럼 벌떡 일어났다. 코피 난 기억도 없다.

튼튼했던 체력이 대학생활을 하면서 바닥났다. 학교만 다녀와도 피곤해서 누워 있었다. 결혼하고 아이를 낳은 후에도 아픈 곳은 없었지만, 체력이 약했다. 잠깐 외출하고 와도 어지러웠다. 특히, 해가 쨍쨍한 날에는 더 힘들었다. 자주 피곤하다고 느꼈을 뿐, 체력이 많이 약해졌다는 걸 크게 느끼지 못했는데 내가 저질체력이라는 것을 실감했던 일이 있었다.

은행 신입 사원 연수 마지막에 무박산행이 있었다. 8월, 한 여름 강렬한 태양아래 산행을 했다. 눈을 뜨고 있는데 시야가 흐렸다. 숨이 내 마음대로 잘 안 쉬어졌다. 제정신이 아니었다. 마주치는 동기마다 한마디씩 했다.

"수정아, 괜찮아?"
"수정아, 힘내."
"수정아, 너 쓰러질 것 같아."

같은 조였던 동기가 손잡아 줘 겨우겨우 산행을 이어갔다. 당황스러웠다. 활동 하면 조금 어지럽고 피곤한 정도였던 것 같은데, 내가 이렇게 허약한 사람이었나 싶었다. 위급 상황을 대비해 정차하고 있는 구급차를 보며 걱정했다.

'내가 저기에 실려서 가게 되지는 않겠지.'

다행히 해가 지고 나서는 조금 괜찮아져서 겨우 산행을 마쳤던 기억이 있다.

결혼하고 큰 아이 어릴 때까지, 쌍둥이 언니 네와 주말 마다 만나서 시간을 보냈다. 언니네 부부는 언제나 활동적이었다. 오전부터 만나 시간을 보내고 나면 체력이 바닥났다. 장소를 옮기려고 각자 차에 타서 이동할 때, 급격히 체력이 떨어져 힘들었던 나는 차에서 언니에게 전화를 걸어 갑자기 집에 가겠다고 통보를 하곤 했다.

"미안한데 내가 너무 힘들어서 그냥 집으로 가야겠어."
"또?! 알겠어."

얼마나 황당했을까. 멀쩡하게 잘 놀고 장소를 옮기는 와중에 갑자기 전화해서 집에 가겠다니. 언니와 형부에게 미안했지만 어쩔 수 없었다. 손가락 하나 까딱하는 것도 힘들 정도로 급격하게 체력이 방전되었기 때문이다.

큰 아이 낳은 후에도 한동안은 그랬다. 아이가 예뻐서, 엄마로서 책임감에 이를 악물고 육아했지만, 쉽게 지쳤다. 어느 순간, 저질 체력이 되어 버렸다. 학창시절까지 에너지 넘쳐 지칠 줄 모르는 강철 체력이었는데 말이다.

몸의 힘, 체력이 떨어지니 매사에 무기력했던 것 같다. 눈앞에 주어진 일은 꾸역꾸역 했지만, 의욕 넘치고 적극적이지는 않았다. 돌이켜보면 체력이 약했던 시절 나의 모습이 머릿속에 흐릿하게 그려

진다. 몸과 마음에 에너지가 넘쳤던 시절은 선명하게 그려지는데 말이다.

둘째 아이 출산 후 필라테스를 시작했다. 그 덕분에 다시 체력을 쌓았다. 중간에 잠깐 쉬기는 했지만, 꾸준히 5년 간 했던 필라테스 덕분에 방전되었던 몸 속 에너지가 충전되었다.

운동한 날부터 다음 날까지는 몸이 쑤시고 피곤했지만, 꾸준히 근력을 쌓다보니 기초 체력이 강해졌다.

어디로 튈지 모르는 활발한 두 아들 독박육아하며 한 번을 앓아누운 적이 없다. 언제나 두 아들과 몸으로 놀아줬다. 내가 좋아서 그랬다. 재미있었다. 자라면서 어쩔 수 없이 잠재웠던 활동적인 나의 자아가 깨어났다. 주말마다 두 아이와 등산했다. 힘들다는 아이 업고 산 정상에 오른 적도 있다. 놀이터 가면 항상 함께 뛰어 놀았다. 두 아이와 놀다보면 어느 새 동네 아이들이 함께 술래잡기를 하고 있었다. 언덕에서 함께 눈썰매를 타기도 했다. 활발하게 몸을 쓰며 놀고 나서 집에 오자마자 두 아이 씻기고, 청소하고 밥 하고 하루 종일 엉덩이 붙일 새 없이 바빴다. 그 와중 한번도, 힘에 부쳤던 적이 없다. 저질체력이었던 나로서는 상상도 못할 일과였다. 잠시 걷고 오기만 해도 피곤해 했던 시절의 나는 절대로 불가능했을 일상이었다.

임신과 출산의 과정을 겪으며 탄력을 잃은 내 모습에 충격을 받았다. 놀란 마음에 몸매 회복을 위해 시작한 필라테스였지만, 덕분에 체력이 좋아졌다.

에너지 넘치는 나의 두 망아지 육아 인생에 필라테스가 큰 공을 세웠다고 할 수 있겠다.

02

출산 후 충격적인 엉덩이

둘째 아이 낳고 얼마 되지 않은 어느 날이었
다. 샤워 후 우연히 거울을 봤다. 얼핏 봤다가 놀라서 다시 고개를
거울로 돌렸다.

'헐. 이거 내 엉덩이 맞아?'

축 처진 엉덩이가 눈에 들어왔다. 임신과 출산 전에는 특별한 운동
을 하지 않아도 적당히 탄력 있게 마른 몸이었다. 탄력 있는 몸매는
아빠 덕분에 타고 났던 것이다. 학창 시절에는 운동하지 않아도 팔
에 잔 근육이 있고 엉덩이가 뽈록 솟은 것이 못마땅했다. 콤플렉스
중 하나였다. 목소리도 중저음이라 여성스럽지 못한 것 같아 싫었
다. 전화를 받으면 내가 남자 아이인 줄 아는 사람이 많았다.

"여보세요?"

"아드님이세요? 엄마 계세요?"

몇 번은 아들이 아니라고 딸이라고 말했다. 하도 자주 있는 일이 되다 보니 나중에는 그냥

"네."

라고 하고는 엄마를 바꿔드리곤 했다.

피부가 하얗고 가녀린 청순한 여자이고 싶었지만, 정반대였다. 그냥 걸어 다니기만 해도 잘 타는 까만 피부에 건강해 보이는 잔 근육 있는 몸매였다. 여름이 되어 하복을 입고 등교하면 친구들이 내 팔을 보곤 놀랐다.

"우와! 팔에 근육 봐."

속으로는 왠지 창피했지만, 아무렇지 않은 척 일부러 팔을 구부리며 말하곤 했다.

"이거 봐. 운동도 안했는데 알통이 있다."

몸매가 드러나는 딱 붙는 청바지를 입으면 몸에 비해 볼록 나온 엉덩이가 왠지 창피했다. 그냥 작고 귀여운 엉덩이였으면 좋겠다고 생각했다. 그래서 주로 통이 있는 면바지를 입었다. 청바지 입는 날에는 항상 엉덩이가 가려지는 길이의 티셔츠나 셔츠를 골라서 입었다.

내가 20대 중반 쯤 부터였던 것 같다. 운동하는 여자가 많아지고 근육 있는 몸매가 각광 받기 시작했다. 이전에는 근육질 몸매는 미스터 코리아나 남자들에게서만 볼 수 있는 것이라 생각했는데 말이다. 근육질 탄탄한 몸매로 몸짱 아줌마가 인기를 끌었다. 한 여자 아이돌은 무대에서 얼핏 들어난 11자 복근이 화제가 되기도 했다. 그 후에는 SNS에 운동하는 사진이나 동영상을 올리는 것이 유행처럼 번졌다. 복근과 애플힙(볼록한 엉덩이)이 인기를 끌었다.

그러다 보니 콤플렉스였던 근육 많은 몸에 자신감이 조금 생겼다. 다른 것에 비해 몸매는 봐줄만 하다는 생각을 했다. 딱히 운동하지 않아도 타고난 몸에 근육이 많고 탄력 있으니 부모님께 감사하다는 생각도 했다. 학창 시절에는 아빠를 닮아 근육질이라며 싫다고 불평했는데 말이다.

둘째 출산 후 우연히 고개를 돌리다가 본 거울 속 탄력 잃은 내 엉덩이에 충격을 받았다. 임신하고 몸무게가 늘면서 살이 늘어났다가 출산 후 급격히 빠져 탄력을 잃었다. 특히 엉덩이가 그랬다.

놀란 마음에 욕실 밖으로 나와서, 임신 전 입었던 청바지를 입어 봤다. 엉덩이만 눈에 들어왔다.

'이게 아닌데.'

한 밤중에 이 바지 입었다가 저 바지 입었다가 하니, 가만히 보고 있던 남편이 물었다.

"왜 그래, 수정아?"

"내가 거울을 봤는데 엉덩이가 진짜 바닥에 닿게 생겼더라고."

"그래? 내가 보기엔 잘 모르겠는데."

혼자 당황스러운 표정으로 진땀 빼며 옷을 입었다 벗었다 하며 거울을 보고 있으니 나를 안심 시키려고 했던 말인 것 같다.

'이대로는 안 되겠다. 당장 운동을 해야겠어.'

어릴 적에 수영, 테니스, 스케이트 등을 배웠지만 어른이 된 이후로는 걷기 이외에는 제대로 된 운동을 해 본적이 없었다. 그래서 어떤 운동이 나에게 맞을지, 어떤 운동을 해야 좋을지 고민되었다. 그날 밤, 두 아이 재우고 밤이 늦도록 어떤 운동을 하면 좋을지 인터넷에 검색해 보았다. 운동하던 친구에게 조언도 구하며 고민했다.

'체중은 모유수유 하면서 자연스레 어느 정도는 빠졌으니 열량소모 많은 유산소 운동 말고, 원하는 부위 탄력을 찾을 만한 운동이 뭐가 있을까?

오랜 고민 끝에 필라테스를 하기로 결정했다. 다음 날 아침 바로 필라테스를 등록하러 갔다.

상담 및 첫 수업을 위해 가던 길이 얼마나 두근거리던지. 새로운 도전에 대한 설렘, 변화될 내 엉덩이에 대한 기대로 말이다.

"어떤 부분을 중점적으로 운동하고 싶으세요?"

"힙업과 복근운동이요!"

그렇게 전업주부로서 나의 두 번째 자기 계발의 대상은 필라테스가 되었다.

03

필라테스와의 첫 만남

둘째 출산 후 며칠이 지나지 않은 어느 날, 거울에 비친 축 처진 엉덩이는 충격적이었다. 탄성을 잃어버린 늘어난 고무 같았다. 엉덩이가 산처럼 볼록하지 않고 평지 같았다. 다음 날 곧장 집근처 필라테스 센터로 달려갔다. 등록 전 수업 상담을 했다.

오래 전 개봉했던 영화 '올드보이'에서 배우 유지태가 '살라바아사나[Salabhasana]'라는 동작을 했다(엎드린 자세에서 상체는 바닥에 붙이고 두 다리를 천천히 위로 들어 올리는 동작을 말한다).

"어머 저런 동작이 가능 한 거야?"
"그러게. 신기한데 멋지다."

함께 영화를 보던 친구와 놀라서 속닥였다.

요즘에는 필라테스가 대중적인 운동 중 하나가 되었지만 상담하러 갔던 당시에는 막 인기를 얻기 시작한 운동이었다. 이 운동에 대해 거의 아는 것이 없었다. 영화 속 주인공이 했던 동작이 필라테스에서 배우는 동작이라는 것 정도만 알고 있었다.

기구를 이용한 기구 필라테스, 매트에서 하는 매트 필라테스가 있었다. 우선 매트 필라테스로 시작하기로 했다. 예상보다 수업료가 비쌌지만, 운동하기로 마음먹은 김에 망설이지 않고 등록했다. 필라테스라는 운동에 흥미가 느껴져 첫 수업부터 열심히 했다.

"보수 위로 올라가 주세요."

강사님이 말했다. 보수가 뭔지 몰라서 멀뚱히 서 있었다. 슬쩍 주변을 둘러보니 다들 앞에 놓여 있는 도구 위로 올라갔다. 고무 재질에, 적당한 탄성이 있는 커다란 탱탱볼을 반으로 잘라 엎어 놓은 것 같은 물건이었다.

'이게 보수 구나.'

나도 따라 올라가서 섰다. 보수 위에 서는 순간 움찔, 당황했다. 편하게 서 있을 수가 없었다. 중심 잡는 것이 쉽지 않았다. 튕기듯 바닥으로 내려왔다. 다시 발을 올려 몸에 힘을 줬다. 자동으로 다리, 배, 엉덩이에 힘이 들어갔다. 보수 위에서 뛰었다. 보수를 내려갔다 올라갔다 했다. 몸이 힘들고 처음 해보는 동작들이라 어색했다. 그 어색함이 싫지 않았다. 자꾸 웃음이 새어 나왔다. 새어 나오는 웃음이 부끄러워 입술을 깨물었다.

"매트에 편하게 누워 주세요."

보수를 옆으로 치우고 앞에 깔려 있는 매트에 누웠다. 강사님 따라 동작만 똑같이 하면 되는 줄 알았다. 그게 아니었다. 동작을 하며 정확한 부위에 힘이 들어가야 했다.

"들숨 날숨, 숨소리를 크게 내며 하세요."

머릿속이 어지러웠다. 이게 맞는 건지, 제대로 하고 있는 건지 알 수가 없었다. 통신 오류 상태였다. 강사님 말 들으며 동작을 따라했다. 들숨 날숨은 제멋대로였다. 엉덩이에 힘이 들어가야 한다는데 자꾸만 허벅지 힘이 들어갔다. 헷갈리고 정신없었다. 원래는 이런 상황이었으면 짜증나거나 그만 하고 싶었을 텐데, 계속 하고 싶었다. 제대로 될 때까지 해보고 싶은 마음이 들었다. 호감과 호기심이 마음 가득 자리 잡았다. 머리에 들어오는 새로운 지식이 몸을 자극했다. 잠자고 있던 근육들이 깨어나 움직였다. 평소 생활하면서 움직일 일이 없었던 몸 구석구석 근육을 움직였다. 호흡하며 근육의 수축과 이완을 번갈아 하는데 긴장되어 있던 근육이 풀리는 기분이었다. 운동을 하며 바로 몸이 교정되고 몸매가 예뻐지는 느낌이 들었다.

'우와! 너무 재밌어!'

수영, 테니스, 스케이트, 스키 등 어릴 적 배웠던 운동은 열심히는 했지만, 재미가 있다고 느끼진 못했다.

필라테스는 달랐다. 첫 수업 시간부터 흥미진진했다. 운동하며 처음 느껴보는 흥미로운 감정이었다. 나에게 맞는 운동을 찾아 신났다.

"오늘 첫 수업이었는데 어떠셨어요?"

"너무 재미있었어요!"

필라테스 하러 가는 주 2회, 두 시간은 내 몸의 탄력과 함께 나 자신을 찾으러 가는 시간이 되었다. 관심이 크니 호흡법, 운동법을 금방 익혔다.

하지만, 첫 눈에 반한 필라테스를 한 달만 반짝 다니고 그만둬야 했다. 두 아이가 어리다보니 감기 등 사소한 병치레가 잦을 때였다. 열나고 아픈 아이를 두고 운동하러 가기는 힘들었다. 수업을 갈 수는 없었지만, 한 달 수업동안 배웠던 호흡법과 동작을 떠올리며 집에서 틈틈이 힙업 운동, 복근 운동을 했다. 인터넷에 검색하면 관련 동영상이 많아 쉽게 따라할 수 있었다. 한동안 집에서 홈트(home training)를 했다. 운동을 하면 근육이 붙고 몸이 튼튼해지는 줄만 알았는데 필라테스를 하며 운동을 통해 몸의 라인을 잡고 몸매를 다듬을 수 있다는 것을 처음 알았다.

두 아이 재운 후 남편과 밤마다 TV보며 홈트 했던 우리만의 추억이 있다.

"오빠 내 복근 봐. 11자 복근이 드러났어."
"어 진짜 부럽다 수정아."
"오빠는 엉덩이가 어쩜 이렇게 봉긋해. 부럽다."

매일 잠깐 씩이라도 필라테스에서 배운 힙업, 복근 운동을 했다. 어느 날 거울을 보니 땅에 닿을 지경이었던 엉덩이가 봉긋 올라와 있었다. 엄청나게 많은 시간과 에너지를 쏟지 않아도 꾸준히 하는 만큼 몸이 예뻐졌다. '이런 마법 같은 운동이 있다니!' 그 시절 다른 운동이 아닌 필라테스를 시작하게 된 건 행운이었다. 그 때 몸의 탄력을 찾지 못했다면, 우울함이 나를 흔들었을지도 모르겠다는 생각이 든다.

04

필라테스, 넌 나와
참 잘 맞는구나

그 이후 잠깐씩 집에서 운동했을 뿐, 다시 필라테스 등록할 생각은 하지 못하고 육아에 빠져 지냈다. 육아만으로도 스펙터클한 하루하루였다. 정신없다가 보람차고, 뿌듯했다가 지치고 지루할 틈이 없었다.

극성 엄마가 되면서 아이를 힘들게 하는 일이 늘었다. 아이와 서로 감정이 상하는 일이 많아졌다. 아이를 사랑하는 만큼 훌륭한 아이로 잘 키우고 싶다는 생각이 넘쳤기 때문이다. 나를 성숙한 어른으로 만들어 주는 값진 자기 계발이라 여겼던 육아를 조금 내려놓아야 할 때라고 생각했다.

나는 무언가를 하지 않고 가만히 있으면 불안하다. 인생에 주어진 소중한 시간을 낭비하는 기분이 들어서이다. 육아가 아닌, 전념할 수 있는 다른 것을 찾아야 했다. 곰곰이 생각했다. 무엇에 열정을 쏟으면 좋을까. 몇 년 전, 첫 만남부터 강하게 나의 호감을 자극했던 필라테스가 떠올랐다.

다음 날 바로 필라테스 수업을 등록했다. 이번에는 더 제대로 배워보고 싶었다. 예전에 경험하지 못했던 '기구 필라테스' 수업으로 등록했다. 일대일 수업으로 등록했다. 구경만 했던 다양한 기구를 경험해 볼 수 있었다. 가장 흔한 기구는 리포머였다. 리포머는 캐리라는 지지대가 레일위에서 움직이게 되어 있었다. 리포머 위에 눕거나, 앉거나, 엎드리는 등 다양한 자세를 취했다. 지지대에 연결된 스프링을 밀고 당기는 동작을 통해, 신체의 전 부위를 자극했다. 스프링 연결 개수에 따라 운동 강도가 달라졌다. 리포머에서 운동하다 보면 스프링의 흔들림을 몸으로 제어하는 방법이 저절로 익혀졌다.

캐딜락이라는 기구도 경험했다. 필라테스 하는 연예인이 TV나 SNS에서 운동하는 모습을 보여줄 때 자주 등장하는 기구였다. 재활에 탁월한 기구라고 했다. 그래서인지 캐딜락에서 운동하고 나면 두 아이 육아로 뻐근했던 몸이 풀리는 느낌이었다. 수축되었던 근육을 쭉 늘려주는 느낌이 좋았다. 운동 후 사진을 남기고 싶을 때면 이 기구 위에서 멋진 동작을 취하고 사진을 찍기도 했다.

바렐은 내가 좋아하는 기구 중 하나였다. 둥근 아치로 된 부분에 다리를 올려 스트레칭 할 수 있었다. 허리를 아치부분에 올리고 몸을 아래로 기울여 아래쪽에 있는 사다리 부분에 양손을 놓고 한 칸

씩 내려가다 보면, 영화 '올드 보이' 속 유지태가 했던 것과 비슷한 동작이 나왔다.

"무서운데 재밌어요!"

수업에 갈 때마다 다양한 기구를 경험하며 여러 가지 동작을 배웠다. 놀이공원의 다양한 놀이기구를 체험하는 기분이었다. 일대일 수업하니 더 좋았다. 강사님이 동작 하나하나 지켜보며 지도해 줬다. 중요하다는 호흡도 제대로 잘 하고 있는지 꼼꼼하게 체크 받을 수 있었다. 신기하게도 배운지 몇 년이 지난 호흡법이 바로 기억났다. 두발 자전거 타는 법을 한번 익히고 나면 한참 시간이 지나 다시 타도 중심잡고 탈 수 있는 것처럼 말이다.

일대일로 수업을 하다 보니 필라테스 할 때 호흡법이 왜 중요한지에 대해서도 더 구체적으로 배울 수 있었다. 가만히 앉아 필라테스에서 배운 호흡만 해도 운동이 되는 신기한 경험을 했다.

필라테스 수업에서 강사님이 강조하는 핵심 단어 두 가지는 '호흡'과 '코어'였다.

"코어 운동을 하면 몸의 중심을 잡아줘서 몸의 균형을 유지시킬 수 있어요. 올바른 호흡법은 운동 시 불필요한 긴장을 줄여줍니다. 또한, 근육이 활발하게 움직일 수 있도록 도와주며 운동 중의 부상까지 막아주는 역할을 해요. 필라테스를 할 때 들숨은 코로, 날숨은 입술로 호흡하죠. 목과 어깨 근육에 긴장을 풀고 가슴호흡이 아닌 복식 호흡이 되도록 해야 해요. 그러면 평소에 사용하지 않는 근육이 활성화되요."

운동하다 숨이 차면 내쉬고, 산소가 부족하면 들이쉬고 몸이 반응하는 대로 숨을 쉬었는데, 필라테스 호흡법은 달랐다. 불필요한 호흡을 줄여 몸의 긴장을 풀어주고 몸의 라인을 예쁘게 만들어 주는 숨쉬기 방법이라니, 수업 내내 이론을 들으면서 몸으로 직접 체험하는데 그저 신기했다. 감탄이 절로 나왔다. 숨쉬기만 제대로 해도 몸이 예뻐질 수 있다는데, 이걸 왜 진작 하지 않았을까 싶었다.

사람마다 잘 맞는 운동이 있다고 한다. 모든 사람이 필라테스를 하며 나처럼 흥미를 느끼고 만족하지는 못할 것이다. 함께 했던 쌍둥이 언니는 필라테스가 잘 안 맞는다며 중간에 그만뒀다. 성인이 된 후 처음으로 돈 들여 시작했던 운동이 필라테스였다. 고맙게도 필라테스는 나와 찰떡궁합이었다.

필라테스를 좋아하고 열심히 하는 나를 보며 주변에서 말했다.

"수정아, 너 필라테스 지도자 과정 알아보고 해 봐."

"그래, 너 잘할 것 같아."

전문적으로 배우고 싶었다. 인터넷에 '필라테스 지도자 과정'을 검색하는데 가슴이 두근거렸다. 하지만 기대와 달리, 만만치 않은 과정이었다. 경우마다 다르지만, 100시간이 훌쩍 넘는 교육과정을 이수해야 했다. 짧으면 6개월에서 2년 넘게 걸린다고 했다. 어린 두 아이를 주말까지 독박 육아 하는 나에게 쉬운 일이 아니었다. 친정 엄마한테 두 아이를 맡기고 수업을 들어야 할까 고민했다. 쉽지 않은 상황에서 부모님께 부탁해 가며 애쓰고 싶지는 않았다. 마음이 편하지 않을 것 같았다. 나중에 시간이 허락되면 도전하고 우선은 미뤄두기로 했다. 아직까지도 지도자 자격증을 따지 못한 것이 아쉬움으로 남아 있다.

첫 만남에 반했다. 5년 간 쉬지 않고 했다. 그만큼 나에게 커다란 매력으로 다가왔던 필라테스다. 육아에 대한 열정을 필라테스에 쏟았다. 재미있는데다가 하는 만큼 몸이 예뻐지니 집중할 수밖에 없었다.

필라테스를 하며 쌓인 코어 힘으로 출산 전 저질 체력이었던 내가 체력을 얻었다. 두 아이를 독박육아하며 크게 앓은 적 한번 없이 건강하게 지냈다. 몸이 건강해지고 예뻐지니 마음도 건강해지는 느낌이었다. 5년 간 자기 계발 대상으로 내 삶의 커다란 한 부분을 차지했던 필라테스이다.

05

등산, 힐링이 되다

"산, 바다?"

"산!"

산이 좋은지 바다가 좋은지 질문을 받을 때마다 나의 대답은 언제나 산이었다. 짭조름한 바다향도 좋지만 숨을 들이 쉬는 순간 코끝에 닿아 온 몸 가득 들어와 감성을 자극 하는 건 산 냄새다. 사계절마다 느껴지는 냄새가 다르다. 촉촉이 젖어드는 보슬비 내리는 날, 거센 장대비 내리는 날, 태양 강렬한 날, 눈 내리는 날, 날씨에 따라서도 산에서 나는 향기는 다르다. 상쾌하고 깨끗한 향이 좋다. 흙냄새가 좋다. 때마다 다른 정체 모를 나무 향이 좋다. 순간 느껴지는 꽃향기가 좋다.

길게 이어져 저 멀리 지평선에서 하늘과 맞닿는 파란 빛 바다, 넘실거리는 파도, 모래사장이 좋다. 하지만 내 마음을 어루만져 주는 산이 더 좋다. 갈 때마다 새롭게 반기는 다양한 나무, 꽃이 좋다.

어릴 때부터 지금까지 산은 나에게 '힐링 메이트'가 되어 주고 있다. 어릴 때는 할머니 따라 약수터가 있는 산에 갔다. 그 후 학창시절, 결혼 전에는 산에 갈 여유가 없었다. 아이 낳고 전업주부가 되면서 두 아이 데리고 다시 산에 다니기 시작 했다. 산은 위로가 되어 주었다. 마음이 허전할 때 친구가 되어 주었다. 더 커다란 행복을 선물해 줬다. 등산하면서 체력이 좋아졌다. 정신도 건강해졌다.

큰 아이 건이가 7세였을 때 남편이 직장을 옮겼다. 남편이 정신없이 바빠져서 주말까지 독박 육아를 했다. 그 전에는 주말에 남편과 함께 아이들 데리고 전국방방 곳곳으로 놀러 다녔지만 혼자 어린 두 아이 데리고 멀리까지 다니는 건 무리였다. 길고 긴 주말이었다. 집에 있으면 시간이 안 갔다. 에너지 넘치는 두 아들도 하루 종일 집에 있으면 심심해했다. 놀면서 쿵쾅대고 방방 뛰는 아이를 뛰지 못하게 혼냈다. 층간 소음으로 민폐 끼치는 게 싫어서였다. 아무리 치워도 돌아서면 어질러지는 집을 보며 짜증냈다. 키즈카페를 데리고 가면 아이들이 어렸기 때문에 다치기라도 할까 봐 신경 쓰였다.

그래서 주말마다 집 앞에 있는 산에 갔다. 정상까지 오르는 날도 있었고, 중턱까지 간 날도 있었다. 어떤 날에는 산 초입에서만 놀아도 시간이 훌쩍 지나갔다. 산이 좋았다. 편했다. 망아지 같은 두 녀석이 뛰어 다녀도 위험하지 않았다. 민폐 끼칠 상황도 없었다. 두 아이에게 잔소리 할 상황이 없는 것만으로도 힐링의 시간이었다. 산에 있는 동안은 시간이 멈춘 것 같은 기분이 들 정도였다. 힘든 일상을 보내다가 휴가를 얻어 여행 갔을 때 느끼는 것과 비슷한 감정이었다.

나뭇가지 하나도, 돌멩이 하나도, 주변에 있는 모든 것이 아이들의 장난감이었다. 흙바닥에 앉아 공룡화석을 발굴한다며 나뭇가지로 땅을 팠다. 옆에 있는 꽃이랑 나무를 관찰했다. 두 아이가 책에서 본 꽃이라며 설명해 줬다. 딱정벌레, 나비, 벌, 개미 등 다양한 곤충이 있었다. 곤충의 움직임만 보고 있어도 두 아이는 즐거워했다. 나도 두 아이와 함께 놀았다. 다양한 꽃, 나무, 곤충을 보면 마음속에 얼어붙어 있던 크고 작은 시름이 녹아내렸다.

산에 자주 다니다 보니 체력이 좋아졌다. 처음 갔을 때는 중턱까지만 가도 숨이 찼다. 집에 오면 다리가 쑤시고 몸살기가 돌았다. 지금은 산에 다녀와도 그냥 근처 공원 산책 다녀온 느낌이다.

산에 가기 시작 했을 때, 둘째 준이는 다섯 살이었다. 오래 걷는 걸 힘들어 했다. 산에 자주 다니다 보니 체력이 강해졌다. 어떤 날에는 형이나 엄마인 나보다 잘 걸었다. 정상까지 올라도 힘들어 하지 않았다.

"산에 갈까?"

"그래!"

"응!"

우리에게 주말은 산에 가는 날이었다. 주말에 산에서 놀며 얻은 에너지로 평일을 보냈다.

작년 가을, 갑자기 남편이 세상을 떠났다. 두 아이 때문에 슬픔을 겉으로 드러낼 수 없었다. 괜찮다 생각하니 정말 괜찮은 것 같은 일상이었다. 주변에 슬프다, 힘들다 말하지 않았다. 자꾸 그런 감정을 드러내면 힘든 감정에만 사로잡힐 것 같았다. 두 아이와 남은 인생 그렇게 살고 싶지 않았다. 허전함은 있었지만 살만 했다. 혼자 있을 때 남편 생각이 소나기처럼 쏟아졌다. 곧, 눈물이 소나기가 되어 버렸다. 하지만 슬픔은 그 때 뿐이었다. 일주일에 한두 번 산에 가서 위로를 받았다. 산에 가면 숨겨 놓은 감정을 굳이 드러내지 않아도 되었다. 코끝에 느껴지는 향기가, 눈에 보이는 꽃과 나무가 아픈 마음 어루만져 줬다. 가만히 꽃을 보다 눈물이 핑 돌았다. 추억을 상기시키는 향기가 날 때는 나도 모르게 눈물이 주르륵 흘러내리기도 했다.

지난 봄 어느 날 산에 갔을 때였다. 파우더와 복숭아를 섞어 놓은 듯한 달콤한 향의 매화나무가 있었다. 바닐라 색 동전만한 꽃이 나무 가득 피어 있는 모습이 예뻤다. 기분 좋은 꿈을 꾸고 있는 기분이 들었다. 며칠 지나지 않아 다시 찾은 산에 매화나무 꽃이 지고, 벚꽃이 피고 있었다. 자기를 봐 달라며 은은한 꽃향기를 풍겼다. 동글동글 작은 팝콘에 연핑크색 물감 한 방울을 톡 떨어뜨려 메달아 놓은 것 같았다. 같은 봄인데도 갈 때마다 다른 꽃, 다른 나무가 나를 반겼다. 예쁜 꽃을 보기만 해도 기분이 좋아졌다. 어떤 말을 하지 않아도, 슬픔을 꺼내 보여주지 않아도 마음을 알아주는 것 같았다. 위로가 되었다.

코로나로 인해 학교를 주 1회 오전에만 다녀오는 두 아이와 시간이 날 때마다 산이나 공원에 갔다. 다른 데는 가기가 힘드니 산이나 공원에 마스크를 끼고 갔다. 사람이 없을 때는 마스크를 잠깐 내렸다. 콧바람 쐬고 바깥 공기 마시고 나면 기분 전환 되었다. 두 아이도 그렇다 했다. 강아지 초코도 우리를 닮아 산을 좋아했다. 산에 가서도 잘 걷고 경사가 있는 곳도 힘들어 하지 않고 잘 다녔다.

등산하며, 체력이 생겼다. 감기나 몸살도 거의 걸리지 않았다. 어쩌다 감기몸살이 오면, 쌍화탕과 타이레놀 먹고 푹 자면 바로 회복됐다. 체력이 생기니 심력도 생겼다. 마음이 강해졌다. 슬프고 괴로운 감정을 털어 낼만큼 강해졌다. 산에 다니기 전에는 괴롭거나 슬픈 감정을 꽉 움켜쥐고 흘려보낼 줄 몰랐는데 말이다.

06

어린이들과 함께
음악 줄넘기

　　　　　건이가 초등학교에 입학했을 때, '줄넘기 인증제'가 있다는 사실을 처음 알았다.

"아니, 줄넘기까지 인증제가 있어?"

　학년 별로 정해진 기준에 맞는 줄넘기 종류별 횟수를 넘으면 인증서를 준다. 양발 모아 뛰기, 발 바꾸며 앞으로 넘기, 뒤로 양발 모아 뛰기, 엇걸었다 풀어 뛰기, 엇걸어 뛰기, 2 중 뛰기(쌩쌩이) 등 6가지 종목별로 정해진 횟수를 모두 넘어야 인증을 받을 수 있었다.

　운동을 권장하려는 좋은 의도로 만들어졌다는 건 알겠다. 하지만 여러 가지 과열된 교육환경 속에서 줄넘기조차 인증제가 있다는 건 아이들에게 너무 부담을 주는 건 아닌가 싶었다.

줄넘기에 크게 관심을 두지 않았기 때문에 따로 할 일이 없었다. 인증제를 한 달여 앞두고 건이가 걱정했다.

"건이야, 줄넘기까지 신경 쓰지 않아도 돼. 걱정하지 말고 너 할 수 있는 만큼만 해."

"엄마, 그런데 애들이 다 잘해. 나만 못하는 것 같아."

자기 빼고 반 친구들 대부분이 인증제를 통과할 것 같다며 걱정하는 건이를 달랬다. 당시 다니던 태권도장에 수업 전후로 줄넘기 연습을 몇 번 부탁했다.

드디어 인증제 날, 건이 하교 길 마중을 나갔다. 건이가 저 멀리서부터 나를 보고 밝게 웃으며 뛰어왔다.

"엄마! 나 줄넘기 인증제 통과했어!!"

걱정하지 말라고 했는데도, 계속 걱정을 하고 있던 모양이다. 하교 지도하던 담임 선생님이 건이 머리를 쓰다듬으며 말했다.

"줄넘기 인증제 받았다고 이렇게 좋아하는 아이는 처음 봤어요. 고생

했어, 건이야."

"건이가 엄청 신경 썼거든요."

건이는 운동신경이 좋은 편이다. 관심 갖고 하면 남들에 뒤처지지 않을 정도는 한다. 스스로 해내겠다는 의지를 불태우며 짧은 시간이지만 최선을 다해 인증서를 받을 수 있었다.

준이는 운동 신경이 없다. 학교 가면 줄넘기 인증제가 있다는 것을 알았기 때문에 일곱 살 때부터 연습 시켰다. 유치원에서, 태권도장에서 연습했는데 도무지 늘지 않았다. 줄을 넘는 모양새도 우스꽝스러웠다. 앞으로 코를 박을 듯 불안정한 자세로 갸우뚱 두 번, 세 번 넘으면 줄에 걸렸다. 내 눈에는 귀여웠지만 다른 아이들이 보고 웃을까 봐 걱정 되었다. 자존심 센 준이가 상처받을 까 걱정되었다.

준이가 1학년이 되었다. 한 달 후에 인증제를 하는데 여전히 변함없는 실력이었다.

"준이야, 청소년 수련관에서 음악 줄넘기 수업 들을래?"

"싫어."

"엄마가 같이 수업 들으면?"

"그러면 좋아."

급한 마음에 당장 달려가 수업을 신청했다. 준이, 나, 준이친구, 준이친구 엄마 넷이서 집 앞 청소년 수련관에 줄넘기를 하러 갔다. 당연히 어른은 나와 준이친구 엄마뿐이었다. 체육관에 하나 둘 아이들이 도착했다. 들어온 아이들마다 깜짝 놀랐다. 우리를 힐끔힐끔 쳐다봤다. 초등학생 사이에 아줌마가 줄넘기를 들고 준비하고 있으니 놀랄 만도 했다.

체육을 전공한 준이 친구엄마는 종류별 줄넘기를 잘 했다. 나도 운동 신경이 좋은 편이고, 학창시절 줄넘기를 잘했던 것 같은데 내가 잘한 건 양발 모아 뛰기뿐이었다.

"나 줄넘기 엄청 잘한다고 생각했는데, 아니었네."

음악을 크게 틀어 놓으니 흥이 났다. 나이가 들어 그랬을까. 오랜만에 해서 그랬을까. 몇 번 뛰고 나면 숨이 찼다. 중간에 나가고 싶었지만 앞에서 자꾸만 줄이 발에 걸려도 계속 하는 준이를 보니 나갈 수 없었다. 마음처럼 잘 되지 않으니 힘들었다. 내 앞에서 하던 준이도 마찬가지인 것 같았다. 어깨가 축 쳐져 힘들어 보였다. 하지만 중간에 나간다고 하지는 않았다.

50분 수업 시간 내내 줄넘기를 하고 나면 땀을 잘 흘리지 않는 체질인데도 땀이 났다. 수업이 끝날 때쯤이면 체육관에 땀 냄새가 진동했다. 아이와 함께 땀 흘려서 그런지 쾌쾌한 냄새가 코를 자극하는 상황에서도 기분이 좋았다.

당시, 아파트 엘리베이터 공사가 몇 달 째 진행되고 있었다. 하루에도 몇 번씩 12층까지 오르락내리락 했다. 오전에 주 2회 필라테스를 했다. 저녁에 준이와 음악 줄넘기를 했다. 주말에는 산에 갔다. 처음 며칠 동안은 힘들었다. 가만히 앉아 있어도 손이 떨리고 배고팠다. 2주가 지나니 적응 되었다. 평소보다 운동량이 많아졌는데 힘들지 않았다.

준이는 1학기 줄넘기 인증제를 통과하지 못했지만, 여름 방학동안 꾸준히 연습해서 2학기 때 줄넘기 인증제를 받을 수 있었다. 준이가 받아온 줄넘기 인증서는 자신의 한계를 뛰어넘은 것에 대한 결과물이였기에 그 어떤 상장보다도 소중했다. 준이의 줄넘기 인증서는 거실 벽장 한 가운데, 눈에 잘 띄는 곳에 당당하게 자리 잡고 있다.

음악 줄넘기를 함께 하는 동안 결과에 대해 특별한 말은 하지 않았다. 아이와 함께 줄넘기를 뛰며 같은 공간에서 땀 흘린 자체가 행복이었다. 불가능 할 것 같았던 일도, 꾸준히 하면 가능해질 수 있다는 것을 깨닫게 되었다. 굳이 말하지 않아도 여덟 살 어린 준이도 느꼈을 거라 믿는다. 음악 줄넘기는 나뿐만 아니라 아이에게도 자기 계발의 대상이었다.

07

걷고 또 걷고

20대 언제부터인가, 해결되지 않는 고민에 괴롭고 답답할 때면 무작정 걸었다. 버스 몇 정거장, 지하철 몇 정거장 거리를 걸었다. 갑자기 소나기가 내리면 그냥 맞으면서 걸었다. 온전히 나만의 시간이었다. 주변의 소음도, 길거리를 지나는 사람들 대화소리도 나만의 시간을 방해하진 못했다. 갑자기 힘든 생각이 나면 그대로 받아들이면서 울었다. 지나가던 사람이 쳐다봐도 상관없었다. 계속 걷다보면, 어느 새 눈물이 멈췄다. 내 속에 가득 찼던 괴로운 생각이 자연스레 비워졌다. 걷고 또 걸었다. 고민되는 상황이 전혀 달라지지 않았음에도 기분이 괜찮아졌다.

그때부터 걷는 것이 좋았다. 뇌에 입력되었다.

'한수정. 걸으면 기분이 좋아진다.'

전업 주부가 되고 난 이후 시간적인 여유가 생겼다. 다시 걷기 시작했다. 몇 년 전부터 '걷기'가 나의 취미가 되었다. 제주도에서 틈만 나면 해안도로를 걸었다. 육아하며 두 아이 데리고 산에서 걸었다. 공원에서 걸었다. 강아지 초코를 데리고 동네 한 바퀴를 걸었다. 귀찮을 때도 있었지만 초코를 위해 산책을 나가기도 했다. 막상 나가서 걸으면 좋았다. 나오기 잘했다는 생각이 들었다.

나이 먹을수록 머리나 마음이 복잡하지 않은 날이 적었다. 사는 게 원래 그런 건가 보다. 걷다 보면 복잡했던 생각이 정리 되었다. 꽉 막혀 답답했던 마음이 소화제 먹은 것처럼 뚫렸다. 이유는 모르겠다. 조금만 걸어도 기분이 좋아졌다. 지난 날 뇌에 입력된 결과인가 보다.

걸으면서 주변을 관찰했다. 처음부터 그랬던 것은 아니다. 걷는 게 좋아 거의 매일 걷다 보니, 눈치 채지 못했던 주변의 사소한 변화가 눈에 들어오기 시작했다. 내가 이렇게 관찰력이 좋은 사람이었는지, 마흔이 다 되어서야 알았다.

어느 봄날, 잎이 돋아나는 나무를 보았다. 라임 빛, 연둣빛 나뭇잎이 눈에 들어왔다. 살면서 처음이었다. 나뭇잎은 초록색이라고만 생각했다. 관심 갖고 유심히 볼 일이 없었다.

자연을 자세히 들여다보니 감정이입이 되었다. 지난 주 초코를 산책시키며 걷던 중이었다. 아스팔트 길 구석 작은 틈 사이, 흙에서 두 개의 새싹이 나오고 있었다. 그 옆에는 뜬금없이 어디선가 떨어진 연보라 꽃잎이 놓여있었다. 두 아이와 나의 모습 같았다. 시가 떠올랐다. 사진을 찍었다. 집에 도착하자마자 사진을 보며 시를 썼다.

〈다행이다〉

길을 걷다 만난 새 싹 두 개,
그 옆에 꽃잎 하나.
덩그러니 세상에 던져진
두 아이와 나의 모습 같았다.
그 모습이 애처롭거나
슬퍼 보이지 않았다.
다행이었다.
비좁은 틈에서 당당하게
싹 틔워 올라온 모습이 대견했다.
옆에서 묵묵히 자리 지켜 주고 있는
연보라 꽃잎도 아름다워 보였다.

지난 달 가평에 일박으로 여행을 갔었다. 그곳에서도 산책을 했다.

길을 걷다가 바닥에 떨어진 노란 꽃이 시선을 붙잡았다. 그 꽃을 집어 들었다. 손에 쥐었다. 노란 꽃이 빤히 내 눈을 바라 봤다. 나도 눈싸움에 지지 않으려 눈을 끔벅이지도 않고 꽃을 쳐다봤다. 문득, 꽃을 닮은 남편 생각이 났다. 시가 생각났다. 핸드폰을 꺼내 사진을 찍었다. 숙소로 돌아가자마자 사진을 봤다. 메모장에 시를 적었다.

〈당신 생각〉

해를 닮은 꽃을 만났다.
해를 닮은
당신의 미소가 생각났다.

남편 생각이 나는 순간 마음이 저렸다. 훅, 들어온 그리움에 숨이 찼다. 두 아이가 옆에 있어 티를 내지 않고 덤덤하게 걸었다. 숙소에 돌아와 시를 적었다. 다 적고 나니 마음이 괜찮아졌다. 다행이었다.
글은 나에게 살아갈 힘을 주고 있다. 글을 쓰면 새삼스레 깨닫는다. 행복은 언제나 내 곁에 있었다는 걸.

걷다보니 주위 모든 것에 관심이 갔다. 걸으며 눈에 들어오는 대상이 글감이 되었다. 주머니에서 핸드폰을 꺼내 사진이나 동영상을 찍었다. 집에 돌아가서 찍어놓은 사진이나 영상을 보면, 그 찰나 대상을 보며 어렴풋이 떠올랐던 글이 구체화되었다. 짧은 글을 적어내려 갔다. 시가 되었다. 시를 쓰면서 마음이 단단해졌다. 불필요한 감정을 없앴다. 시를 쓰지 않았다면, 슬픔, 짜증, 걱정, 분노 따위의 부정적인 감정을 끌어안고 있었을 것이다. 그 감정을 감당하지도 못하면서. 두 아이에게 짜증냈을 것이다. 친구나 가족에게 하소연하며 힘든 감정을 전달했을 것이다.

걷고 또 걸으며, 글감을 얻었다. 글을 쓰고 있다. 글을 쓰며 마음 다스리는 법을 배웠다.

건강이 재산이라는 말이 있다. 몸이 아파 온종일 누워있는 날이면 우울한 감정이 찾아온다. 반대로 우울한 감정에 빠져있다 보면 몸이 아프기도 하다. 전업주부가 된 후 꾸준한 체력계발로 체력이 강해지니 마음도 건강해졌다. 정신이 건강해지니, 긍정의 힘도 생겼다. 크고 작은 어려움이 끝없이 찾아오는 인생을 살아가기에 긍정에너지는 큰 도움이 된다. 내가 꾸준히 운동하며 체력계발을 할 수 밖에 없는 이유이다.

3장을 읽은 누군가에게 바란다. 시간이 없다고, 피곤하다고, 귀찮다고 미루지 말고 꾸준히 몸을 움직여 체력을 쌓기를 말이다. 작고 사소한 몸의 움직임이 습관이 되면 체력이 쌓이면서 정신 건강도 분명 좋아질 것이다. 예를 들어, 엘리베이터를 타기보다 계단을 오르고 내리는 것도 운동이 될 수 있다. 날이 좋을 때는 근처 공원이나 산에 가서 산책 삼아 슬슬 걸어보자. 걷기나 등산이 취미가 될지도 모를 일이다. 집에서 TV를 볼 때도 눕거나 앉아서 보지 않고 엉덩이에 힘을 주고 앉았다 일어났다 스쿼트를 해도 좋다. 스쿼트 방법은 인터넷 검색해 보면 쉽게 찾아 볼 수 있다.)

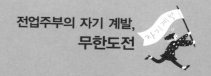

전업주부의 자기 계발,
무한도전

Chapter

04

전업주부의
은밀하고도 건전한 취미 생활,
자격증 수집

Chapter 04

운명처럼 이끌려 시작하게 된
전업주부의 세 번째 도전, 자기 계발의 대상은
역사 논술 지도사 자격증이었다.

01

나를 위한 무언가를
해보고 싶어

두 아이가 어릴 때 육아가 적성에 맞는다고 느꼈다. 육아를 할 때 즐겁고 행복했다. 열정을 쏟았다. 하루가 다르게 크는 아이를 보면 내가 엄마로서 잘하고 있다는 생각에 뿌듯했다.

어릴 적부터 아기를 예뻐하고 좋아했는데 내 자식을 낳았으니 오죽 예쁘고 사랑스러웠을까. 보고 있어도 보고 싶었다고 하면 아이에 대한 마음이 조금은 짐작이 가려나. 하루 종일 물고 빨고 뽀뽀를 수백 번 해대도 부족했다. 아이 덕분에 엄마로 사는 일상이 보람 있고 의미 있게 느껴졌다. 나에게 의지하고 믿어 주는 아이가 나의 존재를 가치 있게 만들어줬다.

앞서 말했듯, 육아는 나에게 현실이자 자기 계발의 대상이었기 때문에 아이를 중심으로 돌아가는 나의 일상이 감사하게 느껴졌다. 아이가 초등학교 입학을 하기 전까지는 그랬다.

큰 아이가 학교 들어가고 난 후부터 정신없이 하루가 지나갔다. 챙겨주고 신경 쓸 일이 이전보다 훨씬 많아졌다. 사회생활을 시작한 건 아이었는데, 엄마인 나도 새롭게 사회생활을 시작한 것 같았다. 아이 스스로 부딪히며 배워나가야 하는 부분이 분명 있었지만, 아이가 상처받을 만한 상황이 생기지 않았으면 하는 마음에 엄마로서 고군분투 했다. 장난기 많은 아들의 엄마라는 이유로 학부모 보안관 등 학교 일도 자진해서 했다.

학년 초, 공개수업 후에는 언제나 학부모 총회가 있었다. 학부모 총회에서는 수업 계획, 학교에 대한 전반적인 내용을 설명 후 급식 검수, 학부모 보안관 등 학부모 지원을 받곤 했다.

"급식검수 해주실 분?"

"……."

"학부모 보안관 해주실 분?

"……."

담임 선생님도, 학부모도 참 민망한 순간이었다. 선생님이 조심스레 말 꺼내면 다들 고개 숙이고 눈 피하느라 바빴다.

나도 눈에 띄거나 나서고 싶지는 않았지만, 어디선가 아들엄마는 학교일을 해야 한다고 들었던 것 같아 얼른 손을 들었다.

"건이 어머님, 감사합니다."

침묵을 깨고 내가 첫째로 손을 들고나면, 이어서 엄마들이 손을 들어 지원했다.

그렇게 나는 큰 아이 1학년 때부터 둘째 입학 후에는 몇 년간, 두 아이 학급의 학부모 보안관을 자처했다.

어느 날, 교감 선생님이 전화를 하셨다.

"건이 어머님, 학부모 대표를 해 보시는 게 어떨까요?"

"저는 그냥 학부모 보안관만 할게요. 두 아이 졸업 때까지 맡은 일은 열심히 할게요."

학부모 대표 대신 보안관은 열심히 하겠다고 어렵게 거절했다.

엄마들 모임이 많았다. 저학년일수록 그랬다. 불편했지만 빠지면 큰일이라도 날까 싶어 꼭 나갔다. 지나고 보니 그렇게 온 마음과 열정을 쏟아 하지 않아도 될 일이었는데 말이다.

아이가 커 가며 자아가 강해졌다. 당연한 성장 과정이었다. 하지만 내가 생각했던 방향과 다르게 가면 아이에게 불만이 생겼다. 아이를 혼내고 잔소리 하는 일이 많아졌다. 아이와 갈등이 생겼다. 나 자신도 제대로 못 챙기고 있었다. 육아는 더 이상 나를 발전시키는 자기 계발의 대상이 아니었다.

열정을 쏟았던 육아를 내려놓았다. 아이를 내팽개쳤다는 것이 아니다. 아이에 대한 욕심을 버렸다. 아이에게 쏟았던 관심의 방향을 나에게로 돌렸다. 꾸준히 해 온 필라테스 말고 다른 것에 새롭게 도전하고 싶었다. 아직은 두 아이가 엄마의 손길이 필요한 나이라고 생각했기 때문에 당장은 일을 하거나 오랜 시간을 들여 무언가를 할 수 없었다.

'내가 지금 하고 싶은 건 무엇일까?'
'두 아이가 학교 간 동안 제한된 시간 안에서 내가 할 수 있는 것은 무엇일까?'

고민이 시작되었다. 답을 찾지 못한 채 우선 집 앞 청소년 수련관에 갔다. 강의 시간표를 훑어 봤다. 다양한 수업이 있었다. 청소년뿐 아니라 주부를 대상으로 하는 강의도 많았다. 음악, 미술, 체육, 언어, 미용, 요리 등 다양했다.

한참을 들여다보던 중 '역사 논술 지도사 한국사 1급'이 눈에 들어왔다.

"이거네!"

운명처럼 이끌려 시작하게 된 전업주부의 세 번째 도전, 자기 계발의 대상은 역사 논술 지도사 자격증이었다.

02

한국사 지도사 1급

　　　　　　나는 역사에 큰 관심이 없었다. 학창 시절 수업 시간에 배우고 시험공부 했던 지식이 전부였다. 그마저도 세월이 흘러 기억에 거의 남아 있지 않았다.

　큰 아이 1학년 때였다. 두 아이가 주로 과학책만 붙들고 있어서, 다른 쪽으로도 관심을 넓혔으면 하는 마음에 역사 만화 전집을 샀다. 덕분에 두 아이가 한국사에도 관심이 생겼다. 과학 이야기만 하던 두 아이가 한국사에 대한 질문을 던지기 시작했다.

　"을사오적 중에 이완용 말고 또 누가 있었어?"
　"엄마, 훈민정음이 원래 24자가 아니라, 26자였다는 거 알아?"
　"엄마, 광해군이랑 연산군 같이 뒤에 군이 붙으면, 조선왕조실록에서 왕으로 인정하지 않았다는 거 알아?"

"6.25 전쟁은 왜 일어난 거야?"

계속 이어지는 질문 폭탄에 제대로 답할 수 있는 것이 몇 개 되지 않았다.

"엄마도 모르겠네. 네가 책을 보고 알려줄래?"

두루뭉술하게 답을 알고 있거나 아예 답을 모르는 질문들이 이어 졌다. 한국사 공부 좀 해야겠다고 생각했다. 유식한 엄마는 아니어 도 무식한 엄마이고 싶진 않았다. 그 와중에 청소년 수련관에서 강 의 시간표를 보다가 '한국사 지도사 1급' 과정을 발견했던 것이다.

"이거다!"

성격 급한 나는 망설임 없이, 곧장 데스크로 달려가 등록했다. 새 로운 도전에 대한 기대감이 들었다. 전혀 관심 없던 분야인 한국사 수업을 6개월간 꾸준히 잘 할 수 있을까 하는 걱정도 되었다.

첫 수업을 들으러 강의실로 향했다. 지루할 거라 생각했던 한국사 수업은 예상과 달리 한 편의 드라마를 보는 듯 재미있는 수업이었 다. 명강사님을 만났기 때문이었다. 지루할 수 있는 역사에 대한 이야기를 어찌나 재미있게 들려주던지. 어릴 적에 할머니가 옛날이야기 들려주듯, 역사 속 주인공이 나타난 듯 생동감 넘치게 과거 이야기를 들려주니 재미없을 수가 없었다. 소규모로 시작했다가 입소문이 나서 전문적으로 하게 되었다던 이 강의가 왜 인기를 얻었는지 첫 수업에서 알 수 있었다.

교과서나 역사책에 나와 있는 흔한 내용뿐 아니라, 쉽게 알 수 없는 다양한 비화까지 알게 되는 흥미 넘치는 수업이었다. 수업 내내 귀를 쫑긋 세우고 웃다보면 어느 새 두 시간 강의가 끝나곤 했다.

고려시대 강의를 하던 날이었다. '이자겸의 난'에 대한 이야기를 했다.

"문벌귀족사회의 잘못된 점이 쌓이면서 이자겸이 왕이 되려고 난을 일으켰어요."

여기까지는 학창 시절 수업시간에 들었던 내용이었다.

"이자겸이 굴비를 탄생시킨 장본인이라는 사실, 혹시 알고 계세요?"

역사 무식자인 내가 알리가 없었다. 다른 수강생도 고개를 저었다.

강사님이 알려준 내용은 이랬다. 고려 전기의 대표적인 문벌 귀족이자겸이 난을 일으켰는데 부하 척준경의 배신으로 영광에 유배를 가게 되었다. 유배지인 영광에 가서 밥상에 오른 생선을 먹었는데 아주 맛이 있었다. 그 생선을 개경에 있는 왕에게 보냈다. 본인이 비록 귀양을 간 몸이지만 결코 비굴하게 살지는 않겠다는 의미에서 '굴비'라는 이름을 붙여 보냈다. '굴비'란 이름에는 이자겸의 자존심이 살아 있다고 볼 수 있다는 내용이었다.

"우와!"

역사 수업 듣다가 자주 먹는 굴비의 유래까지 알게 되다니, 나도 모르게 감탄사를 내뱉었다. 신이 났다. 하교하고 두 아이가 집에 오면 새로 알게 된 역사 지식을 뽐낼 생각에 들떴다. 집에 온 아이들에게 물었다.

"너희, 굴비의 유래에 대해 혹시 알아?"
"글쎄, 뭔데?"

역사라면 도망치듯 자리를 피했던 엄마가 먼저 역사 질문을 던지니 신기해했다. 신나게 굴비의 유래에 대해 설명했다.

"이야, 엄마가 어떻게 그런 유래까지 알게 된 거야?

"엄마 요즘 한국사 강의 듣잖아. 그 수업에서 들었어."

"수업 열심히 듣고 우리도 많이 알려줘."

두 아이와 한국사에 대한 이야기를 나눌 수 있어 좋았다. 무식한 엄마가 아닌 유식한 엄마가 된 기분이 들었다.

전혀 관심 없던 분야에 관심이 생겼고, 강의 들은 후 집에 오면 관련 내용을 인터넷에 검색해 다시 확인하고 찾아보기도 했다. 사극 드라마도 보지 않던 내가 한국사가 재미있게 느껴졌다. 그렇게 한국사에 푹 빠져 6개월을 보냈다. 지식도 쌓고, 자격증까지 얻다니. 일석이조인 자기 계발이었다.

03

마흔을 앞둔
질풍노도의 시기

질풍노도(疾風怒濤)란, 몹시 빠르게 부는 바람과 무섭게 소용돌이치는 물결을 의미한다. 질풍노도의 시기는 '강한 바람과 성난 파도의 시기'라는 뜻으로, 격동적인 감정 변화를 느끼는 청소년기를 달리 이르는 말이다. 내가 생각하기에, 이 시기는 꼭 청소년기에만 오는 건 아닌 것 같다.

사람마다 같은 것을 보고 느끼는 감정이 다르다. 같은 감정을 느낀다 해도 그 강도가 다르다. 질풍노도의 시기는 청소년기가 아니더라도, 어떤 일 앞에서 그것이 스스로 잘 감당이 안 될 때 마음이나 감정에 소용돌이 쳐 심경의 변화가 생겨 겪게 되는 시기인 것 같다. 큰 일이 아닌 사소한 일일지라도 말이다.

지금까지 40년 인생을 살며 나는 질풍노도의 시기가 조금 늦게 세

번 왔다. 대학생 때 한 번, 은행 입사 후 한번, 30대 후반 한 번.

흔히 중, 고등학교 학창시절에 사춘기라고 겪는 이 시기를 나는 무난하게 잘 보냈다. 반항을 하거나 짜증을 부리지 않았다. 학교에서는 선생님 말씀, 집에서는 부모님 말씀에 따르며 살았다. 매일 별다른 생각 없이 주어진 상황에 순응하며 성실하게 살았다.

대학 입학 후 마음에 잔잔히 물결이 일기 시작했다.

'지금 이 모습이 내가 원했던 삶인가?'

'앞으로 하고 싶은 일이 뭘까?'

'너무 재미없는 일상이다.'

재미없어도 주어진 일상을 당연하게 받아들이고 살아왔던 내가, 평범한 일상이 무료하게 느껴졌다. 그러면서도 지루한 일상을 바꿔볼 용기는 없었다. 수업 마치면 집으로 갔다. 그런 나를 보며 친구들이 집에 숨겨놓은 보물이 있냐고 물었다.

"집에 숨겨놓은 보물이라도 있어? 같이 놀러가자."

친구들을 뒤로한 채 집에 와서 텔레비전을 틀어놓고 누워 있었다. 카페에서 아르바이트라도 해볼까 싶었지만 검색만 했다. 엄마가 시키는 대로 전공을 정해서 그런지, 재미도 의욕도 없었다. 무의미하게 꾸역꾸역 4년을 보냈다. 내가 하고 싶은 것이 무엇인지 고민이 되었지만 적절한 답을 찾는 과정을 미루기만 했다. 미래에 대한 불안함을 안고 어영부영 지냈다. 그나마 다행인건 아예 일상에 손을 놓지 않았다는 것이다. 학점을 무난하게 받고 취업도 생각보다 금방 했다.

운 좋게 은행에 취업 했지만, 취직의 기쁨은 합격의 순간 그 때뿐이었다. 은행일은 적성에 맞지 않았다. 적성에 맞지 않는 일은 한다는 건, 생각보다 힘든 일이었다. 아무렇지 않게 할 수 있는 일에서도 실수가 잦았다. 직장에서 쓸모없는 존재가 된 느낌이었다. 자책할 일이 많았다. 사라져 가는 자존감을 지키고자 유일하게 잘할 수 있던 은행 상품 판매 실적에 기대어 하루살이처럼 하루하루를 버텼다. 어릴 적 꿈이 뭐였는지도 잊은 채, 내가 원하던 삶이 무엇인지도 모른 채 그렇게 20대를 조용히 혼자 방황하며 지냈다.

27세에 결혼하고 아이를 낳아 엄마로서의 삶에 최선을 다하며 작아졌던 자존감이 조금씩 자라났다. 엄마인 나만 바라보며 온전히 기대는 작은 두 아들의 존재만으로 내가 빛나는 사람처럼 느껴졌다.

오랜 시간에 거쳐 커다란 바위도 흙으로 만드는 바람의 풍화작용처럼, 스무 살부터 잔잔하게 일기 시작했던 질풍노도의 바람이 오랜 시간에 거쳐 서서히 나를 변화시켰다. 부모님의 울타리, 주어진 틀 안에서 사는 걸 당연하게 생각했다가 울타리 밖으로 벗어나고 싶다는 생각이 들었다. 처음에는 그 마음이, 감정이 무언지 몰라 적극적으로 어떤 걸 하지 않고 무기력해 지는 방향으로 나타났던 것 같다.

엄마 말을 거역하면 큰 일 나는 줄 알았던 내가 30대 후반 언젠가 울며 말했던 적이 있다.

"마흔이 다 된 내가 아직까지 엄마 잔소리 들으며 살아야 하는 거야?"

"나는 걱정이 돼서 말한 건데, 그렇게 힘들면 이제 잔소리 안할게."

엄마는 걱정스러운 마음에 사소한 잔소리를 했을 뿐인데, 그런 말을 듣는 게 싫었다.

미미한 심경의 변화들이 오랜 시간 축적되어 마흔이 된 나는 현재, 원하는 건 바로 해야 하는 적극적이고 추진력 넘치는 사람이 되었다.

최근에 겪었던 질풍노도 시기는 몇 년 전이었다. 조금 이른 사춘기가 와서 반항하는 아이와 갈등하며 격동적인 감정 변화를 느꼈다. 내 마음처럼 되지 않는 것이 자식이었다. 말 잘 듣던 아이가 초등학교 4학년이 되면서 반항하기 시작했다. 사사건건 부딪혔다. 아직은 스스로 모든 것을 할 수 있는 나이가 아니었기에, 잔소리를 할 수 밖에 없었다. 잔소리 하지 않으면 스스로 밥도 제대로 안 먹는 아이가 한마디 잔소리에도 격하게 반응했다.

"엄마가 처음부터 잔소리 하니? 엄마가 처음부터 소리 지른 거 아니잖아. 소리 지르지 않으면 엄마 말을 아예 안 듣잖아!"

미칠 노릇이었다. 타인에게 싫은 소리 하는 것을 힘들어 하던 내가, 다른 사람에게 화내는 건 상상할 수도 없던 내가 수시로 소리치고 화를 냈다. 전쟁 같은 매일을 보냈다. 아이가 잠들면 울며 반성했다.

아이가 커가며 겪게 되는 갈등이나 받게 되는 상처 앞에서 마음이 아팠다. 차라리 내가 겪었으면 좋겠다고 생각했다. 이럴 때는 이렇게 대처해라, 저럴 때는 저렇게 해 봐라. 걱정스러운 마음에 조언했지만, 결국은 아이가 감당하고 이겨내야 할 몫이었다.

아이와 갈등을 겪는 만큼 내 마음에 상처가 쌓였다. 아이에게 상처를 준 것에 대한 죄책감도 함께 쌓였다. 거기에 아이가 살면서 받는 사소한 상처에도 마음 아파하고 노심초사하며 예민해졌다. 앞선 질풍노도의 시기에는 무기력함이 나타났다면, 이 시기에는 불안증이 나타났다. 매일 초조하게 일어나지 않은 일까지 걱정하며 지냈다.

심리 상담을 몇 번 받았다. 마음 속 이야기를 털어놓는 그 시간 동안에는 괜찮아진 것 같았다. 하지만 그 때 뿐이었다. 내가 바뀌어야 했다. 내가 어찌할 수 없는 일 앞에서는 성경책을 펴놓고 기도했다. 아이에게 향해있던 안테나를 나에게로 돌렸다. 힘들었지만 아이에 대한 집착을 놓았다. 집착하는 엄마가 아닌, 사랑만 주는 엄마가 되고 싶었다.

내가 좋아했던 글쓰기를 다시 시작했다. 두 아들 키우는 시트콤 같은 하루를 짤막하게 일기로 써서 SNS에 올렸다. 운동을 시작했다. 한 시간씩 일주일에 두 번 하는 운동은 나에게 활력을 줬다. 사춘기 아들의 심리를 조금 더 이해하고 싶어서 심리 상담을 공부하여 자격증을 땄다. 1년이 조금 넘는 시간동안, 이러한 노력들을 통해 불안증을 극복했다. 나를 넘어뜨리고 말 것만 같던 마음 속 강한 바람이 진정되었다.

04

심리상담을 받다

큰 아이가 열한 살 되던 해였다. 아이는 조금 일찍, 엄마인 나는 조금 늦게, 모자에게 동시에 질풍노도의 시기가 왔다. 자유 영혼이긴 했지만 착하고 순진해 엄마 말이라면 무엇이든 잘 듣던 아이가 반항하기 시작했다. 짜증내고 신경질이 많아졌다. 나도 마찬가지였다. 소리 지를 일도 많았다. 헐크같이 변해버린 내 모습에 혼란스러웠다.

서로 사랑만 하기에도 24시간이 모자랐던 시절도 있었다. 존재만으로도 마음 가득 넘치는 사랑에 행복하기도 했다. 어쩌다 아이에게 짜증내면 눈물 날 정도로 미안했다.

"미안해. 정말 너무 미안해."
"괜찮아. 엄마 말에는 독이 없기 때문에 내 마음이 다치지 않아."

몸이 힘들어 나도 모르게 짜증내놓고 어쩔 줄 몰라서 사과하면, 엄마 말에는 독이 없기 때문에 괜찮다 해주는 아이였다. 그랬던 우리가 사소한 것부터 사사건건 부딪히며 싸우고 미워했다. 한마디 하면 아이가 도끼눈 뜨고 열 마디를 했다. 벗어나고 싶었다. 아이도 나와 같은 마음이 아니었을까 생각한다.

아이에게 초점이 맞춰져있는 것이 당연했던 나의 일상이 지겹게 느껴졌다.

지난 몇 년 동안 여유가 없었다. 느긋하고 차분하게 생각하거나 행동할 마음의 여유 말이다. 사소한 일 까지 조바심 내고 잔소리했다. 아이도 불안하고 힘들었을 것이다. 아이에 대한 애정과 사랑이 욕심으로 가려졌다. 나도 모르는 사이, 아이에 대한 열정이 욕심으로 변질되어 있었다.

하교하면 친구와 잠깐 놀고 바로 학원, 학원 마치고 집에 오면 바로 숙제. 쳇바퀴 돌 듯 매일 똑같은 일상이었다. 학원 수업 시간도 길고 숙제도 많았기 때문에 재촉할 수밖에 없었다. 주말에는 독박육아하며 아들 둘을 산이나 공원으로 열심히 데리고 다녔다. 엄마로서 최선을 다하는 거라고 생각했다.

"빨리빨리!"

입에 늘 붙어있던 말이었다. 아이와 눈 맞추고 이야기 나누는 시간은 별로 없었다. 시간에 쫓겨 사사건건 참견하고 잔소리했다. 그때마다 아이는 반항했다. 처음에는 싸우거나 서로 상처 주는 말을 하고 금방 화해했다. 상황이 일 년 가까이 반복되다보니 아이도 나도 상처가 깊어졌다. 가장 가깝고 편해야 할 관계가 살얼음판을 걷듯 조심스럽고 불안한 관계가 되어 버렸다. 세상에서 제일 사랑하는 존재 때문에 힘이 드는, 아이러니한 상황이었다.

잠든 아이를 보며 우는 날이 많았다. 내일은 화내지 말고 잔소리도 덜하고 잘 해줘야지 다짐했다. 다음 날 아침이 되면 등교 준비로 바쁜데 나무늘보처럼 늘어져 있는 아이를 보면 어김없이 고함치며 하루를 시작했다. 짜증폭탄, 신경질 폭탄, 화 폭탄이 수시로 펑펑 터지는 일상이었다.

아침마다, 밤마다 성경 읽고 기도하고 다짐해도 반복되었다. 노력해도 변화가 없는 것 같은 일상이었다.

"건이가 사춘기가 온 것 같아. 반항하고 스트레스가 많아. 나랑 자꾸 싸우게 돼. 나도 조바심 나고 불안하고 그래."

고민하는 나를 보며 친정 부모님은, 지인의 사춘기 딸이 심리 상담 받은 것이 도움 되었다며 상담을 받아보라고 조심스레 권유했다.

요즘 많은 사람이 심리 상담을 받는다고 들었다. 내 아이가 심리 상담을 받는다니 조심스럽고 걱정되었다. 고민 끝에 상담 날짜를 잡았다. 아이와 상담을 마친 선생님이 말했다.

"아이 스트레스가 극심한 상태예요."
"저 때문이에요."

나는 흐느꼈다.
아이는 상담을 다녀오면 스트레스가 풀린다고 했다. 다행이었다.

"건이야, 상담을 하고 나면 마음이 어떤 거 같아?"
"스트레스가 풀려."

나는 두 아이가 학교 간 동안 몇 번 상담을 받으러 갔다. 나 역시 마음 속 폭풍이 멈추지 않고 있었기 때문이다. 이야기를 털어 놓는 그 순간에는 마음 속 스트레스가 풀리는 기분이었다. 하지만 상담을 마치고 오면 마음이 불편했다. 내가 비정상인 것처럼 느껴졌다.

내 마음을 시커멓게 더럽히는 스트레스를 지워내는 나만의 방법을 찾았다. 성경을 더욱 열심히 읽고 기도했다. 가장 사랑하는 존재지만 스트레스의 큰 원인이기도 했던 두 아이에 대한 생각을 덜어냈다. 쉽지는 않았다. 내가 즐거운 일을 찾았다. 마음이 잘 통하는 친구들을 자주 만났다. 아이가 배울 것을 찾지 않고 내가 배우고 싶은 것을 찾았다. 6개월 동안 역사지도사자격증 수업을 듣고 자격증을 땄다. 다음으로 무엇에 집중할까 고민하다 문득, 심리상담사 자격증에 도전해 보면 어떨까 생각했다. 이론적으로 공부를 하면 아이의 심리를 이해하는데 도움이 될 거라 생각했기 때문이다. 두 아이에게 사소한 말 한마디라도 좋은 방향으로 해줄 수 있는 객관적인 지식을 얻고 싶었다.

나의 네 번 째 자기 계발 대상은 심리상담사 자격증이었다.

05

심리상담사 자격증

아동심리상담사, 심리상담사, 미술심리상담
사, 놀이심리상담사 자격증을 동시에 땄다. 처음부터 그럴 생각은
아니었다. 아동심리상담사 자격증을 알아보려고 인터넷 검색을 했
다. 온라인 강의 사이트가 많이 나왔다. 유명 온라인 자격증 사이트
에 들어갔다. 상담사 관련 강의가 여러 개 있어서 궁금한 마음에 전
화를 했다.

"아동심리 상담사와 심리상담사가 내용이 많이 다를까요?"
"네 가지 과목이 다르긴 하지만 서로 연관이 되어 있으니 같이 하는 분
들이 많아요. 이번 달까지 네 과목을 한 번에 결제하면 파격적인 할인 가
격으로 수강 가능합니다."

짧은 고민 끝에 네 과목을 수강 신청했다. 고민하느라 미루다 보면 시작도 못할 것 같다는 생각에 우선 지르고 본 것이다. 수강신청을 하고 나니 빨리 자격증을 손에 넣고 싶은 마음이 생겼다. 두 아이 등교시키고 나면 바로 책상에 앉아 온라인 강의를 들었다.

수많은 인간관계 중 부모 자식 간의 관계가 가장 소중하면서도 어려운 관계인 것 같다. 소중한 만큼 어렵다고 느껴지는 건, 사랑하는 내 아이가 잘 자랄 수 있도록 엄마로서 잘 이끌어줘야 한다는 책임감 혹은 부담감 때문일까, 아니면 엄마로 아이를 키우는 과정이 처음이라 힘든 걸까? 아이를 키우는 과정이 처음이기에 시행착오를 겪을 수밖에 없었다. 아이가 어릴 때는 짜증내거나 우는 이유가 단순했다. 배고프거나 몸이 힘들거나 졸리면 울고 짜증냈다. 마음대로 되지 않아도 울었다. 그러면 그 상황을 해결해 주면 되었다.

아이가 커갈수록 만나는 사람과 처하는 상황이 다양해지고 아이의 생각도 복잡해졌다. 감정의 폭도 넓어지고 종류도 다양해졌다. 스트레스 받을 일도 많아졌다. 그러면서 엄마인 나와 나누는 대화의 내용이 달라졌고 감정 표현 방식도 달라졌다. 본인도 모르게 꽥 소리치고 신경질 내놓고는 잘못했다고 했다.

아이에게 잔소리를 할 일도 아이와 싸울 일도 많아졌다. 서로 상처를 주고받지 않으며 살 수 있다면 얼마나 좋을까.

커가는 아이를 보며 명령하고 지시하기보다, 아이를 나와 동등한

인격으로 존중해 주고 싶었다. 그러면서도 좀 컸다고 아이가 내 말을 듣지 않으면 화가 났다. 반항하는 아이를 보며 엄마인 나를 무시하는 건가라는 생각이 들었다.

"도대체 왜 엄마 말을 안 들어?!"

아이가 반항하고 말을 듣지 않는 상황에서 어떨 때는 화를 참지 못하고 혼냈고, 또 어떨 때는 친절한 말투로 부탁했다. 아이도 어떨 때는 혼내고 소리 질러야 말을 들었고, 어떨 때는 부탁할 때 들어 주었다.

일과를 보내는 일이나 타인과 관계를 맺는 일, 그리고 아이의 감정적인 부분에 있어서 어느 정도까지 아이 스스로에게 맡겨야 하는 건지 혼란스러울 때가 많았다.

아이가 슬프거나 속상해 보일 때면 감정이입해서 나까지 슬펐다. 어떻게든 그 감정을 해소해 주고 싶었다. 그런 감정이 들게 된 상황을 해결해 주고 싶었다. 엄마로서 어디까지 개입해야 하는 것인지 헷갈렸다.

두 아이와 잘 놀아주고 스스럼없이 대했다. 언제나 편하게 의지할 수 있는 친구 같은 엄마가 되어 주고 싶다는 생각 때문이었다. 두 아이가 나를 어려워하지 않고 편하게 생각해 주는 게 좋았다. 그러다

가 가끔은 두 아이가 나를 편하게만 생각하고 예의 없이 행동하는
건 아닌가 걱정이 되기도 했다.

이런 일도 있었다. 약속한 시간이 지나 게임을 멈추고 할 일을 하
라고 했더니 짜증을 냈다.

"건이야, 이제 그만해야지."
"아, 됐어."
"약속한 시간은 지켜야지!"
"아이 씨, 어쩌라고!"

울컥, 화가 가슴 속에서 올라왔다. 순간, 작년에 아이와 상담 다녔
을 때 선생님이 하신 말씀이 생각났다.

"6학년 이상이 되면 사춘기 호르몬이 나와 자기도 모르게 반항하고 짜
증낼 텐데 매번 혼내지 말고, 그저 그러려니 해주세요."

호르몬 때문에 어쩔 수 없는 시기라고 하니, 그러려니 했다. 아무
대꾸 안하고 그냥 방으로 들어왔다. 잠시 뒤에 아이가 들어오더니
말했다.

"엄마, 아까 내가 짜증내서 미안해."

"그래, 미안하다고 말해줘서 고마워."

이렇게 잘 참고 넘어갈 때도 있었다. 하지만 버릇없는 말투에 화를 참지 못하고 소리를 지르기도 했다. 호르몬 때문이라고는 하지만 버릇없이 행동할 때 가만히 있는 것이 엄마로서 맞는 건지 고민되었다. 혼란스러웠다. 현명한 엄마이고 싶은데 어려운 일이었다.

매뉴얼 같은 것이 있어서 그것대로 하면 좋겠다는 생각을 종종했다. 복잡하고 다양해지는 상황 속에서 명쾌한 답을 알려주고, 정답을 시원하게 콕 집어 알려주는 족집게 강의가 필요했다.

심리상담사 강의가 어느 정도 답을 알려 줄 거라 생각했다. 심리 전문가가 하는 강의이니 그런 내용을 다루고 있을 거라 기대했다. 아이의 다양한 감정을 대할 때 각각 어떻게 반응해줘야 하는지, 스트레스 상황에서는 어떠한 방법으로 도와줄 수 있는지, 부모에게 반항할 때는 어떠한 태도나 행동을 취해야하는지 등 구체적인 방법이나 조언을 다룬 강의일 거라 생각했다.

강의를 들어보니 상담의 의미, 과정, 상담이론, 상담사의 자질, 역할, 윤리, 방법 등에 대한 내용이었다. 기대했던 내용은 아니었지만, 시간과 에너지를 쏟고 집중할 수 있어서, 다른 불필요한 걱정을 하지 않을 수 있어서 좋았다. 노력의 결과로 바로 자격증이 나오니 보람도 있었다.

심리상담사 자격증 강의를 들었지만 아이의 심리, 행동과 관련된 구체적인 방법을 배우지는 못했다. 아이의 마음을 이해하고 따뜻한 말을 해주는 건 그 누구도 도와줄 수 없다는 걸 깨달았다. 결국은 엄마인 내가 반성하고 초심을 찾아 사랑해줘야 한다는 걸 알았다. 지치고 지겹기도 하지만 두 아이를 위해 끝없이 고민하고 노력해야겠다고 생각했다.

기대와 다른 방향의 강의였지만, 두 아이에게 도전하고 성실한 엄마의 모습을 보여줄 수 있어서 좋았다.

06

자격증 콜렉더

　　　　　　두 아이를 키우다보니 성격이 급해졌다. 아침
에 일어나면 머릿속에 시간대를 나누어 하루 계획을 세웠다. 계획대
로 되지 않으면 스트레스 받았다. 매 순간 조바심 냈다. 원래는 전혀
그런 성격이 아니었는데 말이다.

　머릿속에는 온통 아이 생각뿐이었다. 두 아이가 언제나 행복하고
즐거운 일만 있기를 바랐다. 하지만 어떻게 그럴 수가 있겠는가. 마음
대로 되는 일보다 마음 같지 않은 일이 더 많은 게 세상인데 말이다.

　아이가 속상한 일이 생기면 내 마음도 아팠다. 아이를 속상하게 한
상황까지 해결해주고 싶어서 전전긍긍하며 고민했다. 마음에 공감
해주고 위로해 주면 되었을 텐데 말이다.

　자꾸 걱정하고 고민하다 보니 언젠가부터 일어나지 않은 일까지
상상하며 불안해하고 걱정했다.

심리상담사 강의 중, 각종 증상에 대한 내용을 다룬 단원이 있었다.

"불안증이란, 타당한 이유 없이 저절로 근심스럽고 초조해지고 무섭기까지 한 병적 증상이다."

'허걱, 이거 내 증상인데. 내가 불안증인가?'

정말 그랬다. 당시에 나는 이유 없이 걱정했다. 초조했다. 무서웠다.

'오늘은 학교에서 무슨 일이 없었을까, 지난번에 아이 친구 엄마가 내 아이에 대해 왜 그런 말을 했던 걸까, 아이가 문제가 있는 걸까, 내가 뭘 잘못하고 있는 걸까.'

수많은 걱정이 하루 종일 나를 괴롭혔다. 친구를 만나 겉으로는 웃고 떠들면서 속으로는 혼자 불안했다.

'내가 뭔가 걱정할 일이 있었던 것 같은데 뭐였더라?'

걱정할 일이 없어도 걱정거리를 찾고 있었다.

몇 달간 심리관련 자격증 공부를 하며 바쁘게 지냈다. 자격증을 따고 나니 오전 시간이 다시 한가해졌다. 두 아이가 등교하고 나면 친구를 만나거나 집안일을 했다. 크게 바쁠 일은 없었다. 여유가 생기니 쓸데없이 아이 걱정을 다시 했다. 한동안 줄었던 잔소리가 다시 늘었다.

새로운 자격증에 도전해야겠다고 생각했다. 육아 휴직 중에 딴 CFP를 시작으로 역사논술지도사자격증, 심리상담사 자격증 등 시간과 노력을 들인 만큼 바로 자격증 취득이라는 결과로 나오니 이것만큼 성취감이 느껴지는 일이 없었다. 자기만족도 되고 아이에 대한 생각을 줄이는 데도 도움이 됐다. 먹이를 찾는 하이에나처럼, 자격증을 찾아 취득했다. 어느 새 나는 자격증 콜렉터가 되었다.

옆집에 살던 친한 언니와 오랜만에 통화했다. 처음 만났을 때에는 서로 어색하게 인사를 나누었지만, 며칠 안 되어 금방 친해졌다. 당시 언니와 나는 너무 비슷했다. 아이에 대한 사랑이 유별나다 할 만큼 컸다. 매일 계획을 세워놓는 것에서부터, 일어나지 않은 일을 미리 걱정하는 것까지 비슷했다. 아이에 대한 생각만 가득하다 보니 힘들어 했다.

"수정아, 너도 알지. 나도 아이들 생각뿐이고, 그러다보니 더 집착하고 힘들었잖아."

"응."

"나 요새 영어 유치원 다시 나가거든. 아이들 가르치러."

"정말 잘 됐다 언니."

"응. 내 일을 하고 다른 생각하니까 너무 좋아. 그러니까 애들도 좋아하고, 스스로 더 잘하는 것 같아."

"우와."

"내가 번 돈으로 이번에 가족여행 다녀왔어. 얼마나 뿌듯했는지 몰라."

"가족들도 너무 좋아했겠어. 나도 애들 좀 더 크면 내 일을 찾고 싶다."

"그래, 수정아. 너는 마음만 먹으면 언제든 해내잖아."

언니는 만족스럽다 했다. 나중에 두 아이가 조금 더 크고 나면 나도 할 수 있지 않을까 생각했다.

'기관에서 영어를 가르치려면 테솔 자격증이 있어야 할 텐데.'

첫 아이 낳고 육아휴직이 일 년 가까이 남아있을 때였다. 남은 시간을 활용해 테솔 자격증을 따려고 알아보다가 할애해야 할 시간이 생각보다 많아서 포기했었다.

언니와 통화를 마친 후 바로 인터넷에 '테솔 자격증'을 검색했다. 온라인 강의를 듣고 강의마다 온라인으로 시험을 봐서 일정 점수를 넘으면 자격증 취득이 가능했다. 고민의 여지없이 바로 수강 신청했다.

나의 다섯 번째 자기 계발, 테솔 자격증 취득이 시작 된 순간이었다.

07

친숙한 언어, 영어. 그리고
테솔 자격증

초등학교 시절, 아빠가 교환교수로 가게 되어 가족 모두가 2년간 미국에서 살았던 적이 있다. 미국 가기 몇 달 전 알파벳만 겨우 익히고 미국 초등학교에 다녔다. 맨땅에 헤딩 하듯, 정글에 맨몸으로 그대로 던져진 것이다.

첫 한 달은 할 줄 아는 말이 'Bathroom' 뿐이었다. 생리현상에 화장실을 못 찾고 민망할 상황이 생길까 봐 엄마가 그 단어만 열심히 가르쳐 줬기 때문이다. 영어를 못하는 상태에서 미국인과 섞여 생활하면서 웃긴 일화가 많았다.

상대방이 "Thank you."라는 말을 하면, "You are welcome."하고 대답하라고 배웠다. "별말씀을요, 괜찮아요."정도의 표현으로 기억해 두고 있었다.

아이스링크에 놀러갔던 어느 날이었다. 신나게 스케이트를 타다가 근처에 있던 한 미국 소녀와 살짝 부딪혔다. 미안한 마음에 괜찮은지 묻고 싶었다. 'Sorry.' 바로 머릿속에 떠올랐다. 괜찮냐는 말을 어떻게 해야 할지 짧은 순간 고민했다. 'You are welcome.'이라는 말이 뇌리를 스쳤다.

미소 지으며 상냥한 말투로 자신 있게 외쳤다.

"I am sorry. You are welcome?"

"……."

미국 소녀는 황당하다는 표정을 짓고 휙 가버렸다. 다정하게 괜찮은지 물었는데 대답도 없이 가버렸다. 얼마나 민망하고 머쓱했는지 모르겠다.

학교에서 친하게 지내던 친구가 아빠의 직장이 어디냐고 물었다. NIH(National Institutes of Health)라고 대답했어야 하지만, 그 약자가 생각나지 않았다. 당시 집에 식기세척기(디시워셔)가 있었다. 순간, 'dish washer.'이라는 단어가 왜 떠올랐는지 모르겠다. 최대한 자연스러운 표정으로 혀를 굴리며 대답했다.

"Dish Washer!"

"?"

친구가 당황한 표정을 지었다. 나도 당황스러웠지만, 태연한 척 했다.

그렇게 한 달, 두 달, 석 달이 지나고 나니 어느 정도 의사소통은 가능해졌다. 2년 후에는 당시 미국학교에서 수업을 받는 데에 전혀 어려움이 없을 정도가 되었다. 학교에 있던 'ESOL' 프로그램도 우수한 성적으로 마무리 했다. 어린 시절, 2년 미국 학교를 다니며 생활했던 건 나에게 선물 같은 기회였다.

열두 살에 한국에 돌아온 후 몇 년간 사교육을 따로 받지 않았다. 영어 책을 읽지도 않았다. 중학교 2학년이 되어서야 엄마를 졸라 단과 종합학원에 등록했다. 처음으로 영문법을 배웠다. 그 이후로 영어는 따로 공부하지 않아도 괜찮았다. 언제나 백점을 주는 편한 과목이었다. 수능에서도 만점을 받았던 유일한 과목이었다.

대학입학 후, 영어와 멀어졌다. 대학 시절, 당시 흔했던 어학연수를 가지 않았다. 토익 시험만 쳤을 뿐 그 외에는 영어를 접할 일이 거의 없었다. 졸업 후 국내 은행에 입사해서 영어 쓸 일이 없었다. 기억하고 있던 영어를 거의 잊었다. 어쩌다 미국인과 마주쳐 영어로 대화를 해야 하는 상황에서도 말이 나오지 않았다. 영어와 멀어진 삶을 살았다.

두 아이가 영어 유치원에 다니면서 다시 영어와 가까워졌다. 아이 영어 숙제를 봐주고 영어책을 열심히 읽어주다 보니 나까지 영어공부가 되었다. 몰랐던 단어도 새롭게 알게 된 것이 많았다. 유치원 원어민 선생님과 대화할 기회가 종종 있었다. 처음에는 마음처럼 말이 나오지 않았다. 하지만 큰 아이 2년, 작은 아이 2년, 4년간 원어민 선생님과 자주 대화하다 보니 하고 싶었던 말은 다 할 수 있었다. 아이 공부하는 만큼 나의 영어 실력도 향상되었다. 데면데면했던 영어와의 관계가 조금 회복되었다.

영어와 쌓였던 벽이 허물어진 후 테솔 강의를 듣게 되었다. 덕분에 강의를 듣는 데 어려움이 없었다. 생각보다 영상 속 원어민 강사의 말이 빨랐다. 스크립트가 있었다. 그것을 출력해서 보면서 말을 따라 읽으니 할만 했다. 재미있었다. 이왕 시작했으니 빨리 목표에 도달하고 싶은 욕심이 생겼다. 틈날 때마다 강의를 듣고 시험을 봤다. 비교적 부담 없이 강의를 수강하고 시험 봐서 합격했다. 한 달이 채 걸리지 않았다.

당시 테솔 강의를 결제 해준 남편에게 제일 먼저 자격증 합격 소식을 알렸다. 언제나처럼 나의 도전에 누구보다 응원해 준 남편이었다.

"오빠, 나 테솔 자격증 땄어!"
"우와, 그러면 이제 네가 돈 벌어 오는 거야? 내가 전업주부 해도 돼?"

농담하며 자격증 취득을 축하해줬다. 옆에서 대화를 듣던 둘째 준이가 시무룩한 표정을 지었다.

"준아, 왜?"

"엄마, 그러면 엄마 이제 우리를 두고 일하러 나가는 거야? 엄마가 자격증을 따는 건 좋은데 일하는 건 싫어. 나중에 일하면 안 돼?

"걱정 마. 당장은 일할 생각 없으니까. 엄마가 열심히 공부하는 모습 보여주고 싶었어."

다섯 번째 자기 계발, '테솔 역'은 급행열차를 타고 빠르게, 무사히 도달했다.

전업주부가 된 이후, 자기 계발 자체였던 육아가 나를 위기의 주부로 만들었다. 아이에 대한 욕심을 버려야 했다. 아이에 대한 열정을 줄이고 싶었다. 나를 위한 무언가를 해보고 싶었다. 주위를 둘러봤다. 당장 내가 할 수 있는 건 많지 않았다. 두 아이가 학교에 간 동안 근처 청소년 수련관, 온라인으로 강의를 듣고 취득할 수 있는 자격증에 도전했다. 자격증 취득을 통해 돈을 벌었다거나 삶에 엄청난 변화가 생긴 건 아니었다. 하지만 성취감, 자기만족을 느꼈다. 이 두 가지 감정을 느끼게 되니 자연스레 자신감이 생겼다. 무엇이든 할 수 있을 것 같은 용기가 생겼다.

자기 계발의 대상은 거창한 것이 아니어도 된다. 대단한 결과, 엄청난 변화를 주는 것이 아니어도 된다. 주위를 둘러보자. 내가 관심 갖고 있던 것이나, 끌리는 것에 망설이지 말고 일단 도전하자. 도전 자체만으로도 성공이다!

어릴 적부터 꿈꿔왔던 작가라는 타이틀을 드디어 얻었다.
가슴 벅찬 일이었다.

—

전업주부의 자기 계발,
무한도전

Chapter

05

전업주부,
어릴 적 꿈을 이루다

Chapter 05

마흔이 되기 두 달이 채 남지 않았던 어느 날,
남편이 세상을 떠났다.
갑자기. 예고도 없이, 인사도 없이 갔다.

01

어느 날
다시 쓰게 된 일기

"아들은 정말로 엄마가 하는 말이 안 들리는 거래. 여러 번 말해도 미동도 없어. 그래서 결국 소리 지르게 돼."

"맞아. 내가 처음부터 소리쳤겠어? 여러 번 친절하게 말했는데 들은 척도 안하니까 소리 지르는 거잖아!"

아들을 둔 친구들을 만나면 이런 이야기를 꼭 나눴다. 몇 번이나 말해도 미동도 없는 아들을 보면 속이 터졌다. 수시로 가슴을 두드렸다. 큰 소리로 여러 번 말했는데 정말로 들리지 않았던 건지, 아이의 몸속에 들어가 보고 싶었던 적이 많았다.

아침에 기상하기부터 밤에 취침하기까지 스스로 하지 못하는 일이 많았다. 여러 번 말해야만 겨우 몸을 움직였다. 소리 지르고 잔소리 하는 것이 싫어서 밤에 자자는 말을 하지 않았던 적이 있다. 밤

열두시가 넘도록 졸린 눈 비비면서 잘 생각을 하지 않는 모습에 결국은 소리 질러 재웠다.

아침에 일어나면 세수하고 양치하는 건 기본인데 두 아이는 그렇지 않았다. 오늘 아침에도 어김없이 고함쳤다.

"밥 다 먹었으면 양치하고 세수해."

처음에는 부드러운 말투였다. 몇 번이나 말했는데 꿈적도 하지 않았다. 결국엔 또 소리쳤다.

"세수, 양치!! 몇 번을 말해, 이 자식들아!!!"

그제야 겨우 몸을 일으켜 세면대 앞으로 갔다. 온 화장실에 물 범벅이 되도록 요란하게 세수를 하더니 칫솔에 치약을 묻히고 거실로 나왔다. 양치까지 화장실에서 마치고 나오라는 말을 수 백 번도 더 했지만, 어쩜 매번 칫솔을 물고 나왔다.

오물오물 입 한가득 치약 거품을 머금고 다시 침대에 드러눕더니 아이가 말했다.

"엄마, 우리 오늘 어디가?"

"아니. 오늘 집에 있을 건데?"

"어디 나갈 것도 아닌데 아침부터 왜 세수하고 양치를 하래?"

세수나 양치는 외출할 때만 하는 거라 생각하는 아들 녀석의 말에 뒷목을 잡았다.

"아우. 콱! 아침에 일어나서 양치하고 세수하는 건 당연한 거지!"

아들 둘 키우는 일상은 그냥 지나치기 아쉬운 순간이 많았다. 소란스럽고 정신없고 요란한데 결국은 웃고 마는 시트콤 같은 매일이었다. 힘들고 화가 났던 순간도 지나고 나면, 재밌는 추억이 되었다. 무심한 듯 던진 아이의 한 마디가 마음에 잔잔한 파동을 일으켰던 적도 많다.

평범하면서도 특별한 아들 둘 엄마로서의 일상을 기록하고 싶다는 생각이 들었다. 적어두지 않으면 잊혀 질까 봐 부지런히 일기를 썼다. 2017년 2월부터 일기를 쓰기 시작했다. 일기장의 제목은 '아들 둘 가진 여자'였다. 2년 넘게 거의 매일 일기를 썼다. 두 아이와의 일화를 적었다. 순간 느껴진 감정을 적었다.

아들을 키우기 전 나는 화내거나 소리 지를 일이 없었다. 그랬던 내가 고함쟁이가 되었다. '고함쟁이 엄마'가 된 일상을 소재로 적은 일기도 많았다.

〈2017년 2월. 욕쟁이〉

아들 둘 키우다보니 입이 점점 거칠어졌다. 언제나 처음 몇 번은 부드럽고 친절하게 말하지만, 두 아이 귀에는 안 들어가는 것 같다. 결국은 소리 질렀다. 참다가 폭발하니 마음과 다르게 거친 말이 튀어 나갔다. 아이에게 상처가 될 거라는 생각에 미안했다. 고함치고, 반성하는 일이 반복되었다.

혈액형 책에 꽂혀있는 건이가 책을 보다가 말했다.

"엄마가 우리한테 욕을 하긴 하지만, 우리를 사랑하지 않는 건 아니네. A형은 사랑하는 사람에게도 욕 을 한대. 엄마 A형이잖아."

"응, 맞아."

아무래도 이 책의 저자가 A형 아들 둘 맘인가보다. 사랑하는 사람(아들)에게 욕한다는 걸 잘 아는 걸 보니.

2017년 어느 날 나의 일기이다. 고함지르고 이 자식 저 자식하며 욕하던 당시, 건이가 책을 보다가 했던 이야기가 뜨끔하고 재미있어

기록했다.

〈2017년 5월. 마음껏 울어, 엄마〉

한 번 두 번, 열 번 말해도 아들 귀에는 안 들린다. 그 사실을 알면서도 몇 번 넘어가면 결국 소리 지르고 화내고 만다. 오늘도 자자고, 이제 불 끄고 눕자고 말했는데 책 읽는다고 정신없던 두 아이가 미동도 없었다. 그동안 쌓였던 게 터져서 엉엉 울었다.

"너네는 왜 기본적으로 해야 하는 밥 먹는 것, 잠자는 것, 이런 것들까지 엄마가 구걸하듯 말하게 만들어?"

건이, 준이가 달려왔다. 준이는 내 머리를 쓰다듬어 줬다. 건이는 나를 안아줬다.

"엄마가 전에 그랬지. 너무 힘들면 울어도 된다고. 엄마도 울고 싶으면 마음껏 울어. 울고 나면 좀 풀릴 거야."

양 옆에서 엄마 괜찮은지 물으며 손 잡아주는 건이 준이가 고마웠다.

이런 일이 있었는지 까맣게 잊고 있었다. 언제나 나의 일상은 두 아이에게 소리 지르고 싸우고 미안해했다는 것이 전부라고 생각했다. 일기장을 펼쳐 보고서 기억이 났다. 기록해 두지 않았으면, 소중한 두 아이와의 일화를 기억 저 편으로 지워 버릴 뻔 했다. 맞다. 건이, 준이는 어릴 때부터 마음이 따뜻한 아이들이었다. 엄마 사랑한다는 말도 수없이 많이 해준 두 아이였다. 언제나 엄마가 최우선인 두 아이였다. 잊고 있던 그 시절 예쁜 두 아이 모습이 일기를 통해 기억 속에서 살아났다.

소중한 순간을 일기를 써 놓아서 다행이었다. 시 쓴다고 일 년 넘게 쉬었던 일기쓰기를 다시 시작해야겠다.

02

내 안에 들어온
시인 감성

2019년 봄부터 내 마음에 시인 감성이 스며들었다. 전에는 시를 좋아하지 않았다. 시는 꾸며진 미사여구가 많은 글, 함축적 의미를 파악해야만 이해 가능한 글, 담백하지 않은 글이라고 생각했다.

대학교 때부터 당시 인기가 있는 소셜미디어를 해왔다. 싸이월드, 카카오스토리에 이어 현재는 인스타그램을 하고 있다. 내 이야기를 전하는 것도, 타인의 삶을 들여다 볼 수 있는 것도 재미있다. 그래서 꾸준히 하고 있다.

소셜미디어에 올라오는 글을 읽는 재미도 있다. 시대마다 유행하는 옷, 음악, 음식 등 문화가 다르다. 글 스타일도 유행에 따라 달라졌다. 예전에도 글을 읽으며 공감하고 위로 받기도 했지만, 드라마 대사에나 나올법한 글이었다. 약간의 허세가 가미된 글이 인기였다.

언제부터인가, 짤막하고 담백한 글이 눈에 들어왔다. 글의 스타일이 달라졌다. 짤막한 시가 많은 공감을 얻고 인기를 얻었다. 나 역시 전에 보던 멋진 글보다 담백한 글이 더 좋았다. 공감되었다.

몇 년 전 드라마 '남자친구', '로맨스는 별책부록'에 나태주 님 시가 등장했다. 솔직하면서도 화려하지 않은 글이 마음에 콕 박혔다. 서점으로 달려갔다. 나태주 시집을 한권 샀다. 책을 펼치고 한 시간도 되지 않아 다 읽고 책을 덮었다. 한 번의 막힘이 없었다. 책 속 모든 시에 격하게 공감하며 읽어 내려갔다. 의미를 애써 이해하려고 할 필요 없었다. 눈으로 읽는 그대로 스며들어 마음을 어루만져 주었다. 내 곁에 있는 많은 행복을 깨닫게 해줬다.

'이런 시를 쓰고 싶다.'

소소한 일상을 소재로, 말하듯 적어 내려간 그런 시를 쓰고 싶었다. 타인의 마음을 위로해주고 싶었다. 공감해 주고 싶었다. 힘을 주고 싶었다. 나의 시를 통해, 언젠가는.

둘째 준이가 초등학교 1학년 때부터 1년 넘게 백편 가까이 시를 썼다. 눈에 보이는 것이나 일상에서 느끼는 감정을 소재로 삼아 시를 쓰는 아이의 모습을 지켜봤다.

깜깜한 밤하늘을 보면 왠지 모르게 뭉클하고 감상에 빠지는 날이 가끔 있다. 감정에 흠뻑 취한 날에는 눈물을 흘리는 정도였다. 소중한 그 감성을 글로 남길 생각은 하지 못했다. 그런데, 어린 아들이 밤하늘을 보다가 '별이 흐르는 밤에' 라는 시를 적어 내려갔다. 밤하늘에 별이 흐른다 했다. 수많은 별들에 감정의 신이 살고 있어 감정에 따라 밤하늘이 다르게 보인다고 했다. 마음이 울렁거렸다. 아이를 안아줬다.

어떤 날에는 미움이라는 감정으로 시를 썼다. 미움은 뇌 세상의 사나운 맹수라고 했다. 잘 길들이고 이미 죽은 감정의 시체를 던져 먹여줘야 생태계가 균형을 지키듯 감정들의 균형을 지킬 수 있다고 했다. 머리가 띵했다. 미움이라는 감정은 흔하지만 좋지 않은 감정이다. 그 감정을 맹수라고 표현하여 시를 적었다. 이 아이 머릿속에 백 세 할아버지가 살고 계신 걸까. 일 년 넘도록 시 쓰는 아이와 함께 있다 보니 어느 새 내 안에 시인 감성이 들어왔다. 나도 쓰기 시작했다.

몇 달간 아이와 함께 썼다. 같은 제목으로 각자 시를 썼다. 같은 것을 보고 쓰는 시가 달랐다. 재미있었다. 아이도 좋아했다.

무의미하게 지나쳐 버리는 일상, 그 속에서의 감정을 짤막하게 기록하기 시작했다. 걷다가, 운전하다가, 창문을 열었다가, 눈에 들어오는 자연을 관찰하기 시작했다.

자세히 보아야 예쁘다 했다. 정말 그랬다. 내 주변의 모든 것에 관심을 갖고 보니 애정이 느껴졌다.

쓸쓸하고 막막했던 늦가을 어느 날, 힘없이 매달려 있는 나뭇잎을 봤다. 위태롭지만, 이를 악물고 매달려 지켜내고 싶은 것이 있어 보였다. 한 순간 갑자기 사별하고 어린 두 아들 키워내야 하는 내 모습을 보는 것 같았다. 생기 없어 바싹 말라버린 초라한 나뭇잎에 감정 이입 되었다. 그 모습, 그 감정 그대로 시를 적었다.

길을 걷다 마주한 단풍이 그리운 남편 얼굴 보여줬다. 발걸음 재촉하며 가던 길 멈춰 한참을 멍하게 바라 봤다. 남편과의 따뜻한 추억에 빠졌다. 그 감정을 시로 적었다.

마흔이 되기 두 달이 채 남지 않았던 어느 날, 남편이 세상을 떠났다. 갑자기. 예고도 없이, 인사도 없이 갔다. 내 감정을 말로 담아낼 수 있는 방법이 없었다. 처음에는 슬픔 외에는 대체할 수 있는 감정이 없었다. 그 후에는 먼저 간 그가 밉고 원망스러웠다. 미움을 억지로 구겨서 마음 깊숙이 넣었다. 미워하니 더 힘들었기 때문이다. 사는 동안 그가 선물해 주었던 좋은 추억으로 버텼다. 사랑했던 그 마음 떠올렸다. 많은 감정이 상상 이상의 깊이로 소용돌이 쳤다. 모든 감정의 끝은 결국, 그리움이었다.

〈결국은, 그리움〉

내 마음에,
미움 한 방울 톡,

원망 한 방울 톡,

추억 한 방울 톡,

미련 한 방울 톡,

사랑 한 방울 톡,

서서히 퍼진다.

그리움이 된다.

시를 적었다. 가끔씩 시를 찾아보며 울었다. 그러면 괜찮아졌다.

아들 키우며 느끼는 감정이나 인간관계에서 느끼는 말로 표현하기 힘들 감정을 시로 적었다. 조바심, 반성, 불안 등의 시를 썼다. 말뿐인 위로를 건네는 상대 때문에 마음이 힘들 때도 시를 썼다.

사람 사이의 관계가 깊고 함께 해 온 시간이 길었더라도 현재 나를 힘들게 한다면 인연이 아니었다고 결론 내렸다. 그 마음을 담은 시도 적었다.

2년 가까이 시를 쓰고 있다. 시를 쓰고 나면 힘들었던 감정이 마음속에서 줄줄 흘러 나갔다. 시는 나에게 불필요한 감정을 쏟아 버리는 돌파구 같은 역할을 해주고 있다. 시 쓰지 않는 나는 이제 상상할수가 없다.

03

어릴 적 꿈이었던
작가가 되는 거야

　　어릴 때는 글쓰기를 즐겨했다. 주로 일기를 썼다. 중, 고등학교 시절에는 친한 친구와 교환일기를 주고받았다. 글쓰기는 나에게 소소한 힐링이 되어주었다.

　초등학교 때 글쓰기 대회를 하면 최우수상은 언제나 나의 것이었다. 전국 대회까지 나갔던 적도 몇 번 있다. 당시 대부분의 주제는 남북통일에 대한 것이었다. 어떤 주제에 대한 나의 생각을 쓰는 것이 좋았다. 글 속에서는 나의 주장을 남 눈치 보지 않고 마음껏 펼칠 수 있었다. 성격상 평소 사람들과 대화할 때 내 의견을 주장하고 고집하지 못했기 때문에 주장하는 글 쓰는 것이 좋았다. 좋아하는 일을 신나서 했는데 결과까지 좋으니 자신감이 생겼다. 학창시절 나의 취미이자 특기는 글쓰기였다. 자연스럽게 장래희망도 작가가 되었다. 오랜 시간 바뀌지 않고 지속되었던 나의 꿈이었다.

대학에 입학하고 나서는 친구와 교환일기 주고받을 일이 없었다. 다이어리에 짤막한 메모 정도로 일기를 적었다. 그마저도 밀릴 때가 많았다. 은행에 취업하여 직장생활 할 때는 글 쓸 마음의 여유가 없었다. 그때만 해도 글 쓰며 힘을 얻는 법을 몰랐다. 결혼하고 육아를 하며 한동안 글쓰기를 하지 않았다. 자연스레 잊고 지냈다.

큰 아이 열 살이었던 2017년 어느 날이었다. 좌충우돌 시트콤 같은 아들 둘 육아하는 이야기를 간단하게 일기로 적었다. 그 때부터였던 것 같다. 언젠가 일기를 모아 책을 내고 싶다고 생각한 것이. 일기를 SNS에 올렸는데 기대 이상 공감을 받았다. 그 때부터 시간이 될 때마다, 특별한 일이 있던 날마다, 평범한 날 특별한 감정이 느껴질 때마다 일기를 썼다. 2년 넘게 일기를 썼다.

어느 날 시를 한 편 썼다. 한 편 쓰니 곧 다른 시가 떠올랐다. 흥미를 느껴 시를 쓰기 시작했다. 잔잔하게 내 안에서 생각과 감정이 뒹굴 거리다가 적당히 잘 뭉쳐서 짤막한 시로 떠오르는 것이 재미있었다. 시 쓸 소재는 억지로 찾지 않아도 되었다. 일상 속에서 느껴지는 감정, 눈에 보이는 자연이 소재였다.

2년 다 되도록 시를 썼다. 감사하게도 SNS에 올린 나의 시를 보고 공감해준 사람들이 있었다. 100편이 넘게 쌓인 짤막한 시들을 묶어 시집 한편을 내고 싶다는 생각을 했다. 막연한 생각이었다. 먼 훗날, 언젠가 이루고 싶은 나만의 소망이었다.

소소하게 시를 쓰며 스스로 위로받는 일상을 보내던 중, 남편이 갑작스럽게 세상을 떠났다. 정신없이 장례를 치렀다. 정신을 조금 차리고 장례식장을 찾아 주었던 고마운 친구나 지인을 만났다. 고등학교 친구들을 만났던 겨울 어느 날이었다. 롯데월드 몰 내에 팬케이크가 유명한 카페에서 만났다. 한 친구가 물었다.

"앞으로 어떻게 지낼 거야? 뭐 하고 싶은 것이 있어?"
"여태 써온 시를 모아 책 한권 내고 싶어. 사인회 열면 책에 사인 받으러 와. 백 권씩 사줘, 얘들아."
"우리가 백 권씩만 사주면 사인회 열 수 있는 거야?"

농담처럼 던진 말이었다. 친구들도 나도 웃으며 말했다. 며칠 후 교회에 함께 다니는 지인과 예배 후 점심 식사를 했다. 친구들을 만나서 농담처럼 주고받았던 이야기를 했다.

"건이 맘 소원, 내가 이뤄줄게요. 책 쓰기 수업이 있는데 한번 들어 봐요. 좋다고 하더라구."

몇 년 전부터 책을 내고 싶다는 생각을 한 이후로, 이곳저곳에서 책 쓰기 수업이 눈에 들어왔다. 몇 번을 등록할까 알아보다가, 등록하지 못했다. 이리저리 생각만 하고 결정하지 못했다.

'과연 내가 책을 한 권 쓸 수 있을까?'

내 자신에 대한 확신이 없어서였다. 그러던 와중에 책 쓰기 수업을 소개 받았다. 이번에는 왠지 망설임이 없었다. 막연하고 막막했던 나의 여섯 번째 자기 계발, 책 쓰기가 시작되었다.

토요일 아침 9시, 부지런히 준비를 마쳤다. 친정 엄마에게 두 아이를 맡기고 집을 나섰다. 집 앞 카페에서 습관처럼 마시는 라떼를 주문했다. 운 좋게도 책 쓰기 강의가 차로 십 분이면 가는 거리에서 있었다. 다 마시지 못한 라떼가 여전히 뜨거울 만큼 짧은 시간 안에 강의실에 도착했다. 오랜만에 느끼는 설렘이었다. 이번에는 책 한권을 써낼 수 있을 것 같았다. 무슨 자신감이었는지 모르겠다. 책을 쓰고자 하는 마음에 신청한 강의였다. 책 쓰는 기술적인 부분을 배울 거라 생각했다. 그 이상 값진 강의였다.

인생의 역경이나 고난 앞에 힘들어 할 필요 없다고 했다. 모든 슬픔과 고난이 글감의 대상이 될 수 있으니 값진 일이라고 했다. 한 달전 사별한 후 나만의 긍정에너지로 겨우 버티고 있던 그 시절, 강사님이 들려주던 한마디 한마디가 나에게 건네는 위로 같았다.

내가 썼던 시에 살을 붙여 에세이로 풀어내기로 했다. 책의 가제가 정해졌다.

'모든 순간이 시였다.'

제목이 정해진 순간, 잔잔하던 마음 속 물결이 요동쳤다. 마음 속 불씨가 활활 타올랐다.

마음 깊은 곳 감췄던 슬픔을 글로 마음껏 풀어낼 수 있어 좋았다. 하루도 쉬지 않고 틈만 나면 노트북을 열었다. 밥 먹는 것처럼 당연한 나의 일상인 듯 글을 썼다. 매일 글이 잘 써졌던 것은 아니다. 글이 안 써지는 순간에는 노트북을 닫았다. 생각하고 또 생각했다. 고민했다. 두 아이 잠들면 다시 노트북을 열었다. 하루 종일 고민한 결과였는지, 막혔던 글이 다시 뚫렸다. 탁탁탁탁탁. 어두운 적막 속 노트북 자판 두드리는 소리만 가득 찼다.

글 쓰는 것이 행복하고 즐거울 때가 대부분이었지만 괴로운 순간도 여러 번이었다. 남편 이야기를 쓸 때면 마음이 찢어질 듯 아팠다. 노트북 화면을 보다가 눈물이 시야를 가려 더 이상 글을 쓸 수 없었던 날도 있었다.

사별의 아픔을 글로 달래고 싶어서였을까. 힘든 날도 좋은 날도 쉬지 않고 매일 글을 썼다. 하루 종일 앉아 글만 썼던 날도 있다. 오죽하면 큰 아이가 서운하다고 했을까.

"엄마가 책 쓰기 시작하면서 우리에 대한 마음이 변한 것 같아."

"어떻게 변했는데?"

글 쓰는데 집중하느라 잔소리가 줄어 좋다고 할 줄 알았다.

"글 쓰는 데만 신경 쓰느라고 우리는 뒷전이 된 것 같아. 뭐 물어보면 알아서 하라고 하고."
"그랬어? 나는 네가 더 좋아할 줄 알았는데. 잔소리 덜 한다고."

귀여운 아이 투정에 웃었다. 오랜만에 사춘기 소년에게서 엄마에 대한 사랑이 느껴졌다.

손가락에 모터를 단 듯, 뭔가에 홀린 듯 엄청난 속도로 글을 썼다. 한 달 만에 초고를 완성했다. 책 쓰기를 1월에 시작하여 3월에 퇴고를 마쳤다.

출판사에 투고 후, 한 군데 출판사와 인연을 맺게 되었다. 출간계약서를 쓰고 난 뒤 4개월이 지난 6월, 드디어 내 책이 세상에 공개됐다.

책 쓰기가 불가능한 도전이라 생각하고 시작조차 하지 않았다면 불가능했을 일이다. 중간에 힘들다고 포기해 버렸으면 결코 일어날 수 없었을 일이다. 어릴 적부터 꿈꿔왔던 작가라는 타이틀을 드디어 얻었다. 가슴 벅찬 일이었다. 몇 년 간 계속된 전업주부의 무한 도전, 자기 계발 종착역에 도착한 기분이었다.

04

베스트셀러가 되다

퇴고를 마치고 투고를 시작했다. 이틀에 걸쳐 백군데 넘는 출판사에 원고를 보냈다. 글 쓰는 동안은 근거 없는 자신감이 있었다. 출판사에 투고 한 후에 얼마나 떨렸는지 모르겠다. 내 책을 내는 것이 현실로 다가오는 순간이었다.

'과연 내 글을 읽고 책을 내주겠다는 출판사가 있을까? 한군데서도 연락이 안 오면 어쩌지?'

이메일 전송 버튼을 누르며 얼마나 심장이 쿵쾅거렸는지 모르겠다. 계약한 출판사는 투고한지 이십 분 만에 연락이 왔다.

'다른 출판사에도 투고하려면 아직 한참 남았는데, 벌써 연락 오다니. 이러다가 여러 군데서 연락이 오면 어쩌?' 김칫국을 마셨다.

이틀 동안 한 건, 한 건 이메일로 투고를 했다. 십 여일 넘게 기다렸다. 첫 날 연락 준 출판사 외에 반기획 출판을 하자는 곳이 있었다. 그 외에는 모두 다 거절이었다. 거절 메일은 늘 씁쓸했다.

내 원고를 보자마자 전화해 손 내밀어 준 출판사에 감사했다. 책 내는 것이 처음이라 아무것도 아는 것이 없었다. 출판사 대표님께 말했다.

"저는 정말 아는 것이 아무 것도 없어요. 잘 부탁드립니다."
"한 작가님은 대화하다 보면 사람이 순진하고 순수한 것이 느껴져 뭐든 도와주고 싶은 마음이 들어요."

마흔이 넘은 나를 순수하게 봐준 출판사를 믿고 맡겼다. 제목은 '시' 라는 단어를 빼고 다른 것으로 했으면 좋겠다고 했다. 고민 끝에 '행복은 언제나 내 곁에 있었다.' 로 정해서 제안했다. 출판사 내부적으로 투표한 결과 내가 제안한 제목이 최종 결정 되었다.

드디어 책이 완성되었다고 연락이 왔다. 좋아하는 보라색 책표지에서부터 중간 중간 들어간 일러스트까지 모두 마음에 들었다. 내가 쓴 글이 책으로 만들어져 세상에 나오는 것이 실감났다. 남편 생각이 났다. 아무도 안 볼 때, 혼자 얼마나 많이 울었는지 모른다. 남편이 살아있었다면 나보다 더 기뻐하며 축하해 줬을 텐데.

예정보다 일정이 당겨져 6월 둘째 주로 출간 날짜가 결정됐다. 6월초가 되자, 도서 사이트마다 예약판매가 시작되었다. 출판 계약서를 작성한 날부터 틈틈이 SNS에 책 관련 소식을 전했던 터였다. SNS에 내가 올리던 일기부터 시까지 공감해주고 응원해 주던 팔로워 분들이 있었다. 예약판매가 시작되었다는 소식을 전했다. 출판사로부터 책을 받자마자 책을 들고 사진을 찍어 올렸다. 책을 읽고 책과 함께 예쁜 사진을 SNS상에 올려달라고 부탁했다.

가족이나 가까이 자주 연락하고 지내던 친한 친구들, 오랜 친구들을 제외하고는 사별했다는 사실이 책을 통해 공개 되는 것이라 긴장되었다. 사람들이 나를 떠올렸을 때 사별이라는 사실로 인해 아픔, 슬픔 등 부정적인 생각을 하지 않기를 바랐다. 내 책을 읽은 독자가, 나를 생각했을 때 부정적인 기운이 아닌 긍정적인 기운을 느끼기를 기대했다.

2주 넘는 기간 동안 유명 도서 구입 사이트에서 베스트셀러에 올라 있었다. 유명 포털 사이트에 '행복은 언제나 내 곁에 있었다.'를 검색하면, 빨간색의 동그란 베스트셀러 딱지가 붙어있었다. 기적 같은 일이었다. 작가로서 아무 것도 아니었던 평범한 주부인 내가 쓴 책이 베스트셀러가 되다니. 잠을 설칠 만큼 행복했다. 꿈꾸는 것 같은 기분이 잠이 부족해서였는지, 행복에 겨워서였는지 모르겠다. 마음이 자꾸만 붕붕 떴다. 수 없이 다짐했다.

'절대 들뜨지 말자. 자만하지 말자. 겸손하자. 내가 잘한 것이 아니다. 출판사와 독자 덕분이다.'

"예약판매가 시작되고부터 지금까지 제가 정신이 없어 미처 말씀을 드리지 못했던 것 같아 글 남깁니다. 작가로서 아무 것도 아니었던 저를, 제 글을 선택해주시고 이렇게 예쁘고 귀한 책으로 만들어 주셔서 감사합니다. 많은 분들이 책이 좋다고, 글이 좋다고 함께 웃고 울고 해주고 있어요. 모두 대표님 덕분입니다. 이 마음 어떻게 표현해야할지, 제 진심이 전달되기를 바랍니다."

출판사 대표님께 남겼던 문자이다. 진심이었다. 모두 출판사와 독자 덕분이었다. 코로나만 아니었다면 출판 기념회 열어서 독자 한 명, 한명 손잡고 안아 주고 싶은 마음이었다.

예약판매 소식을 전하고 다음날부터 개인적인 연락을 시작으로 SNS상에 예쁜 후기들이 올라오기 시작했다. 귀찮을 수도 있었을 텐데, 릴레이처럼 매일 올라왔다. 내 책을 읽고 공감해준 모든 분에게 감사했다. 얼굴 모르는 분들도 책을 읽고 다이렉트 메시지를 보냈다. 고맙다고 했다. 위로 받았다고 했다. 행복과 긍정의 힘을 선물 받았다고 했다. 내가 다른 사람의 글로 위로를 받고 힘을 얻었던 것처럼, 내가 쓴 글이 다른 사람을 위로해 줄 수 있어서 기뻤다. 가슴이 터질 것 같이 벅찼다. 행복했다.

신기한 경험이었다. 직접 얼굴 보고 만나서 대화한 것이 아니었음에도, 깊이 마음을 나눈 느낌이었다. 가슴 깊이 전해진 독자들의 응원으로 남은 인생 홀로 두 아들을 키우며 잘 살아갈 수 있을 것 같았다.

베스트셀러 작가, 한수정. 무더운 여름 꿈꾸듯 황홀하게 보낼 수 있었다.

그 찬란한 감정을 마음 가득 담았다. 그 마음으로 글을 쓰고 있다. 진심을 담아 글을 쓰면 독자에게 진심이 통한다는 것을 알았다. 새로운 책을 쓰고 있다. 베스트셀러가 되기를 바라기 때문이 아니다. 크고 작은 시련이 많은 이 세상에, 책을 통해 또 다른 위로를 전하고 싶기 때문이다. 내 글을 통해 독자들이 위로받고 살아갈 힘을 얻기를 바란다.

05

글을 쓰고 세상을 마주보다

지난 몇 년간 두 아이를 키우며 기록하고 싶었던 순간을 일기로 적었다. 그 후에는 찰나의 생각이나 감정을 몇 줄의 시로 썼다. 그것들을 모아 에세이 한권을 썼다.

틈날 때마다 노트북을 열고 앉아 글을 쓰고 있다. 급할 때는 핸드폰 메모장을 열어 글을 써내려간다. 글을 쓴지 4년이 다 되었다. 누가 시키지 않아도 매일 썼다. 글 쓰는 게 좋다. 글 쓰면서 살아갈 힘을 얻고 세상을 마주 보게 되었다.

긍정의 힘이 쌓였다. 글 한편 쓰면 미세한 긍정에너지 한 칸이 쌓였다. 한 편 쓰면 또 한 칸, 그렇게 5년 동안 차곡차곡 쌓였다. 덕분에 고난이 와도 버텼다. 남편이 갑자기 세상을 떠났다. 이유도 모르는 어이없는 시련이었다. 하지만 단단하게 쌓인 긍정의 힘을 무기삼아 고난 따위에 빈틈을 내어주지 않았다. 말도 안 되는 시련에도 무너지지 않고 일상을 살아가는 나를 보며 친한 언니가 말했다.

"수정아, 넌 참 강한 사람이야."

친구가 말했다.

"어떻게 이렇게 버텨. 대단해."

나는 강한 사람이 아니다. 대단하지도 않다. 글을 쓰며 겹겹이, 견고하게 쌓인 내 안의 긍정에너지가 나를 지탱해줬다. 긍정에너지 덕분에 세상을 바라보는 시선이 달라졌다. 전에는 나 그리고 아이들의 부족한 면, 부정적인 면을 먼저 봤다. 이제는 작더라도 나와 두 아이가 가진 소중한 것, 좋은 면을 먼저 보게 되었다. 마음에 여유가 생겼다. 일어나지 않은 일까지 걱정했던 불안증이 없어졌다. 매사에 '빨리빨리'를 외치던 조급증도 없어졌다.

'올 테면 와보라지.'

살아가면서 어떤 시련이나 어려움이 나를 덮쳐도 당당하게 이겨낼 수 있을 것만 같다.

    글을 쓰기 전 나는 겁쟁이였다. 내가 살고 있는 이 세상 속에서 나는 너무 작은 존재였다. 광활한 우주 속 미세먼지보다도 작은 존재, 그게 나였다. 세상이 나에게 아픔이나 시련을 주면 주저앉았다. 더 커다란 아픔을 줄까 봐 겁이 나 벌벌 떨었다. 눈에 띄어 상처 받을까 봐, 될 수 있는 한 가장 작게 나를 누르고 또 눌렀다. 자존감이 쌀 한 톨만큼 작아졌다. 겁부터 냈다. 마주 볼 용기가 없었다. 신경 쓰지 않아도 될 타인의 말에 휘둘렸다.

    적성에 맞지 않은 직장일로 힘들었지만 그만두지 못했다. 자식 일은 내가 어찌한다고 되는 일이 아니었다. 걱정하고, 좌절했다. 두 아이 키우며 속이 새까맣게 탈만큼 힘든 순간이 많았다. 친한 지인에게 상처를 받아도 오랜 시간 참았다. 불편한 말 한마디가 겁나서. 불과 몇 년 전까지 그랬다.

    글쓰기 전에는 감히 세상을 마주 볼 엄두조차 내지 못했다. 현재의 나였다면, 적성에 맞지 않는 일을 당장 때려 쳤을 것이다. 지옥 같은 생활을 하지 않았을 것이다. 망설이고 주저하는데 시간 낭비 하지 않았을 것이다. 겁나서 우물쭈물 하지 않았을 것이다. 직장을 그만두고 나와 세상을 마주 보았을 것이다. 그리고 내가 세상에서 즐기며, 잘 할 수 있는 일을 찾았을 것이다. 여전히 아이는 내 마음 같지 않다. 아이로 인한 걱정이 스물 스물 올라올 때도 있지만 평온함을 찾기 위해 노력하고 있다. 아이가 내 마음 같기를 바라는 것 자체가 잘못된 생각이다. 아이 스스로에게 맡긴다. 그냥 세상에 맡긴다.

'어떻게든 되겠지.'

타인과의 관계 속에서, 나는 참는 편이었다. 참는 게 편했다. 불편하거나 힘든 부분을 입 밖으로 꺼내서 관계가 소원해지는 것이 두려웠다. 상대방 마음을 불편하게 하느니 내가 불편하고 마는 것이 마음 편했다. 이제는 덜 참는다. 나 자신을 힘들게 하면서 꾸역꾸역 관계를 유지하지 않는다. 힘든 부분이 있으면, 엄청난 고민과 망설임이 필요하긴 하지만 말한다. 솔직한 마음을 이야기하고 상대방이 이해해 주면 감사한 일이다. 그렇지 않아도 크게 신경 쓰지 않으려 한다.

글 쓰면서 감정 흘려보내기가 가능해졌다. 슬픔, 우울, 안타까움, 안쓰러움 등의 감정이 들어오면 내보지 못했다. 아이를 키우며 그랬다. 아이의 일은 언제나 지나치게 감정이입 되었다. 그래서 불안증이 생겼다. 2년 전, 몇 번 심리 상담을 받았다. 당시 상담 선생님이 했던 말이 기억에 남았다.

"수정 씨는 어떤 감정이 느껴지면, 그냥 그대로 흘려보내면 되는데, 그러지를 못해요. 그 감정을 쥐고 힘들어하는 게 문제예요. 이제부터 감정

흘려보내기 연습을 해 봐요."

맞는 말이었다. 아이가 학교 다녀와서 속상한 일이 있었다고 하면 철렁, 마음이 아팠다. 아이는 이미 나에게 말을 하는 순간 그 감정을 잊었을 텐데, 나는 계속 힘들었다. 우울한 마음을 붙잡고 놔주지를 않았다. 그 마음이 걱정을 불렀다. 미리 걱정하기가 취미인 사람인 것처럼. 상담 다녀온 후 부정적인 감정을 느끼면 바로 흘려보내려고 노력했다. 쉽지 않았다. 아이 키우며 오랜 시간 굳어진 나쁜 버릇이 한 순간에 고쳐지지 않았다.

속상하거나 우울한 감정이 들면 그 감정을 시에 적었다. 한 편 두 편 시를 적다보니 버릇이 고쳐졌다. 복잡하고 괴로운 마음이 그 마음 담은 시를 쓰고 나면 괜찮아졌다.

남편이 세상을 떠나고 한동안 헛소문이 돌았다. 내 귀에도 여과 없이 들어왔다. 미칠 노릇이었다. 평생 느껴보지 못한 분노의 감정까지 들었다. 부들부들 몸이 떨렸다. 할 수 있는 게 없었다. 입술을 깨물었다. 시를 적었다. 그 때 적은 시가 '유언비어' 라는 시이다.

〈유언비어〉

사실이 아닌 나의 이야기가

자꾸만 내 귀에 들려온다.

잠잠해진 마음을 흔들어 놓으려한다.

흔들어 보라지.

분노도 슬픔도 느껴지지 않는 걸.

연약하고 심약한 줄 알았는데

나는 이렇게 강한 사람이었구나.

시를 다 적고 나니 마음이 편해졌다. 분하고 화가 나서 미쳐버릴 것 같던 마음이 잠잠해졌다. 나를 집어 삼켜 버릴 것만 같던 거대한 감정이 줄줄 흘러 나갔다.

걱정거리가 생겨도 끌어안고 있지 않는다. 글을 쓰며 흘려보낸다. 내가 걱정한다고 해결될 일이 아니라면, 굳이 애쓰지 않는다. 불현 듯 밀려오는 남편 생각에 나도 모르게 눈물이 줄줄 흘러 내려도 당황하지 않는다. 그리움에 초토화된 마음이 시 한편 적고 나면 괜찮아진다.

글을 쓰며 단단해졌다. 글쓰기가 나를 살렸다. 세상 앞에 두려움이 앞서 제대로 눈 맞추지 못했던 내가, 세상을 마주 보게 되었다.

06

글, 인생의 동반자

인생은 결국 혼자 가는 길이다. 마음이 통하고 가까운 가족이나 친구라고 하더라도 완벽히 나와 같을 수 없다. 내 마음 같지 않아 속상하거나 서운한 순간이 분명 있다. 나를 닮은 두 아이도, 내가 의지하는 부모님도, 나와 가장 가까운 쌍둥이도, 마음이 잘 통하는 친구도 그렇다. 주변에 사람이 많아도 불쑥 찾아오는 외로움이 그 때문이 아닐까 생각한다.

남편의 부고 소식을 듣고 정신없이 응급실로 달려갔다. 꿈인지 생시인지 도저히 분간이 가지 않았다. 하얀 천을 덮고 있는 그의 모습을 마주했다. 장례식장을 마련하고 언니 집에 맡겼던 두 아이에게 갔다. 아빠 소식을 전했다. 말하기 전부터 엄청난 고민을 했다. 어떤 말로 소식을 전해야 어린 두 아이의 상처가 덜할까. 사실대로 말하는 것이 맞을까. 아빠가 갑자기 멀리 해외로 출장 떠났다 말해야할까.

"아빠가 항상 열심히 일하셨잖아. 힘들어도 꾹 참고 너무 열심히. 그러다 보니까 아빠가 병들고 있는 줄도 모르셨나 봐. 아빠가 갑자기 하늘나라에 가셨어."

준이는 비명을 질렀다. 그리고는 오열했다.

"뭐라고? 우리 아빠가 돌아가셨다고? 말도 안 돼!!"

건이는 울지도 못하고 있었다.

"열심히 살다가 하늘나라 먼저 간 아빠 생각하면서 남은 인생 열심히, 행복하게 살자."

장례식장 가는 길, 두 아이 손을 꼭 잡았다.
장례식장에 도착해 상복으로 갈아입고 영정 사진 앞에 선 두 아이는 막상 실감 나지 않아 보였다. 큰 아이 건이는 '고인 이xx' 이름과 사진을 띄운 화면 앞에 서더니 핸드폰을 꺼내 아빠와 사진을 찍어 달라고 했다. 아이는 무덤덤한 표정이었지만, 주변에서 그 모습을 본 사람은 쏟아지는 눈물을 참지 못했다. 시부모님 배려로 밤사이 장례식장에는 시부모님이 계셨다. 두 아이 데리고 집에 가서 자고 오라고 하셨다. 내 걱정에 친정 엄마가 함께 집에 와 주셨다. 두 아이 잠들고 나서 친정 엄마 손 붙잡고 말했다.

"엄마, 나 엄마아빠랑 같이 살래. 나 혼자서는 못 살 것 같아. 혼자서 두 아이 키우며 살다 성격 이상해지고, 못된 말 두 아이에게 쏟아낼까 봐 걱정 돼."

"그래, 수정아. 네가 원하면 그렇게 해. 뭐든지 너 원하는 대로 해 줄 테니까. 걱정 하지 마."

든든한 엄마, 아빠가 있어서 다행이라 생각했다.

장례절차를 마치고 바로 집을 알아보러 다녔다. 현재 집은 전세 주고 다 같이 살 큰 집 전세로 갈 생각이었다. 생각만큼 매물이 많지 않았다. 마음에 드는 매물이 나오기를 두 달 넘게 기다렸다. 장례식 치르는 동안에는 당장 친정 부모님이랑 함께 살 생각이었는데, 마음처럼 쉬운 일이 아니었다. 친정 엄마가 틈날 때마다 집에 와 주시고 같이 집에서 주무시고 해서 안심되었다. 그렇게 몇 달이 지나고 친정 부모님이 조심스럽게 말 꺼냈다.

"같이 사는 거 다시 잘 생각해 봐, 수정아. 같이 사는 게 생각보다 힘들 수 있어. 나중에 아이들 크고, 우리 더 늙으면 너만 힘들어 질 것 같아. 나이든 부모 모시고 사는 게 여간 힘든 일이 아닐 텐데."

부모님이 내 생각해서 그런 제안을 하셨다는 걸 알았다. 알겠다고 대답은 했지만, 섭섭한 마음에 울컥했다. 남편 떠나고 내 마음 제일 알아주는 것 같았던 엄마도 완전하게 내 마음과 같을 수는 없구나 하는 생각이 들었다. 외로움이 온 몸을 감쌌다. 쓸쓸한 마음 달래보려 두 아이에게 근처 공원으로 산책 나가자 했다. 꽃이 피고지고 하던 봄, 어느 날 저녁이었다. 까치가 나뭇가지에 앉아 깍깍 울어 대고 있었다. 깍깍 울어대는 까치가 외로워 보였다.

〈삶이란, 외로운 길〉

해질 녘 나뭇가지 위, 홀로 앉아 지저귀는
까치의 모습에 발걸음을 멈췄다.
깍깍깍
외롭구나, 너도 외롭구나.
마음 쓰지 말자. 아파하지도 말자.

원래 삶이라는 것이
혼자 왔다 홀로 가는 것 아니겠니.

어두워지는 하늘 속 저 멀리에
달이 지켜봐 주고 있으니
상심하지 말자.
깜깜해질수록 더 빛을 내어
환한 모습으로 바라봐 줄 테니
외로워 말자.

그날 밤 자기 전 적었던 시이다. 세상에 덩그러니 나 혼자인 것 같
던 마음이 괜찮아졌다. 부모님 마음이 이해되었다. 외롭지 않았다.
혼자 왔다 홀로 가는 인생길, 내 옆에 소중한 사람들이 있어 감사했
다. 온전히 내 마음 알아주는 나의 글이 있으니 다행이었다. 외로울
때, 슬플 때, 화 날 때, 짜증날 때 그 마음 담아 글을 쓰면 다른 사람
의 공감이나 위로 없이도 괜찮아졌다. 글은 나의 인생의 동반자이
다. 글이 내 인생길 함께 걸어주니 난 외롭지 않다.

07

수학, 나와 인연인거니

대학 때 전공이 통계였다. 수리과학부 내에 통계학과가 있었다. 전공 필수 과목은 통계 관련 과목 뿐 아니라, 수학 과목이었다. 나는 이과적인 머리가 부족하다. 아니, 정확히 말하자면, 수학을 잘 못했다. 이과를 선택하고 싶어서 선택했던 것이 아니다. 고등학교 2학년 올라갈 때 문과, 이과 중 선택해야 했다. 처음에는 문과를 선택했었다. 내가 다니던 여고는 15개 반 중, 3개의 이과 반이 있었다. 공부 열심히 하려면 이과 반에 가라는 말이 있었다. 당시 내가 진정 원하는 것이 무엇이었는지 잘 모르고 공부 열심히 하겠다는 마음 하나로 이과로 선택을 변경했다. 타임머신을 타고 과거로 돌아갈 수 있다면, 그 날 선택을 바꿀 것이다. 나는 수학 선행이 거의 되어 있지 않았다. 심화문제를 풀어본 적도 거의 없었다. 심화

문제가 나오면 이런 문제는 내가 풀 수 있는 게 아니라며 넘겼다. 고등학교 1학년까지 학교 시험은 선행이나 심화문제풀이 없이도 점수를 잘 받는데 어려움이 없었다. 이과 선택하고 반에서 등수가 쭉 떨어졌다. 특히 수능 모의고사를 볼 때는 더했다. 수학 점수가 형편없었다. 걱정은 되었지만, 걱정은 나중으로 미뤄두었다. 그냥 묵묵히 열심히 공부했다. 다행히 내가 수능을 보던 해 수리영역 시험이 쉽게 나왔다. 많은 학생이 만점을 받았다. 나는 만점을 받지 못했지만 모의고사 때보다는 괜찮은 성적을 받았다. 수능을 끝으로 수학이라는 학문과 작별인사를 할 생각이었다.

인생은 언제나 의도한대로 흘러가지 않았다. 대학 전공을 수학 쪽을 선택했다. 쌍둥이 언니는 대학원서 접수하러 가던 날 이야기를 종종 했다.

"너 그때 지하철 타고 가는 내내 엉엉 울어서 주변에서 사람들이 다 쳐다봤어. 큰 일 난 줄 알고."

대학 원서접수 마지막 날이었다. 지하철을 타고 학교까지 가는 내내 엄마와 신경전을 벌였다. 나는 생물학과를 쓰겠다, 엄마는 통계학과를 써야한다는 주장이었다. 예상보다 5점이나 낮게 나온 수능 성적표 때문에 쉬울 거라 생각했던 학교도 간당간당한 상태였다. 이과 수업 중, 생물 과목을 좋아했기 때문에 생물학과를 지원하려 했다. 엄마는 눈치작전, 향후 취업 등을 생각하면 통계학과를 지원해야 한다고 했다. 서러웠다. 눈물이 흘러내렸다. 옆에 있던 쌍둥이 언니가 위로했다.

"수정아, 울지 마. 엄마 말도 일리가 있어. 우선 대학 합격이 목표잖아."
"내 인생이고 내 대학 전공인데 내 마음대로 못한다니 말이 되냐고!"

울음이 터졌다. 눈이 퉁퉁 부운 채 원서를 썼다. 통계학과였다. 엄마 말을 거역하면 큰 일 나는 줄 알았던 당시 나는 울면서도 엄마의 의견에 따랐다. 결과는 합격이었다. 엄마 덕분에 합격했다. 생물학과가 지원율이 높았다. 내 고집대로 생물학과 지원했으면 대학에 불합격했을 것이다. 통계수업이나 미적분 수업은 재미가 없었다. 오히려 부전공이었던 경영 중, 회계 쪽 수업은 재미있었다.

어쩌다 보니 대학 시절 내내 수학 과외를 했다. 내가 공부했을 때 힘들었던 부분을 고민했다. 학생들이 좀 더 알기 쉽게 설명해 주는 것이 좋았다. 어려워하다 내 설명을 듣고 이해하면, 신나서 당장 일어나 춤추고 싶을 정도였다.

전업주부가 된 후, 아이 공부 가르치느라 수학 문제집을 폈다. 또 수학이었다. 이 정도면 수학과 나는 인연인가 싶다. 끊어내려 해도 끈질기게 수학이 내 인생 속으로 들어오는 걸 보니 말이다. 초등학생 아이 학년 올라갈수록 내가 풀지 못하는 문제도 꽤 많았다. 아이 공부시키다 새롭게 알게 된 문제 풀이 방법도 있었다. 아이 공부시키며 영어 공부도 자연스레 되었는데, 수학도 마찬가지였다.

언젠가 아버지가 직접 공부하고 아들을 가르쳐 서울대 입학 시켰다는 기사를 본 적이 있다. 나도 그 기사 속 아버지 같았다. 아이를 가르치려고 공부했다. 하지만 내 자식 가르치는 건 쉬운 일이 아니었다. 험한 말이 자꾸만 나갔다. 아이 가르치려고 공부했는데, 정작 내 아이는 가르치지 못했다. 그냥 내 수학 실력이 늘었다. 이런 건 내가 풀 수 있는 문제가 아니라며 넘겼던 유형의 문제를 마흔이 다 되어 풀 수 있게 되었다. 자기 계발이 따로 없었다. 계획한 자기 계발은 아니었는데 말이다.

올해 초, 조카 수학 과외를 부탁 받았다. 내가 가르치고 나서 몰랐던 부분을 알게 되었다고 하니 기뻤다. 꾸준히 좋은 성적을 받는 모습을 보니 대견했다.

사촌동생 딸도 과외를 부탁했다. 사촌동생 딸은 나와 달리 수학머리가 있는 아이였다. 하나를 가르치면 열 개의 문제를 풀어내는 아이었다. 그 아이 과외 가기 전 세, 네 시간을 꼼짝 않고 앉아 수학 공부를 했다. 내가 중학교 시절 풀지 못했던 유형의 문제들이 척척 풀렸다.

"크, 역시!"

"엄마, 왜?"

"엄마 클라스! 이런 문제도 단숨에 풀어냈어!"

"마흔 살에 중학교 수학 잘 풀어서 정말 좋겠어!"

사춘기 소년의 팩트 폭격이었다. 그래도 좋았다. 내가 학창시절에 못 느껴봤던 기분이라 그렇게 신이 났나 보다. 풀어낸 문제를 어떻게 설명하면 스스로 잘 풀 수 있을지 고민했다. 문제 풀이 시작 전 개념 설명할 때도 어떻게 하면, 쉽게 머리에 쏙쏙 들어갈 수 있을지 머리를 굴렸다.

한 남매 수학 과외를 맡았다. 두 아이가 수학에 대한 거부감이 있는 상태였다. 살살 달래가며 재미있게 수업해야 했다. 내 자식 가르칠 때는 육두문자가 막 튀어 나가더니, 과외 학생 가르칠 때는 어찌나 상냥하게 되던지. 이중인격이 따로 없었다. 내 자식 가르칠 때도 칭찬만 하고 친절하게 할 수 있으면 얼마나 좋을까.

"선생님 아들은 좋겠어요. 선생님이 수학 가르칠 수 있잖아요."

"아니야. 선생님 아들은 못 가르쳐. 엄청 소리 지르고 무섭게 되거든."

"상상이 안 돼요."

고등학교 시절, 수학을 싫어했다. 수학에 자신감이 없었다. 아마 그 마음을 알기 때문에 수학 가르치는데 정성을 다하는 것 같다. 누가 시키지도 않는데 말이다. 내 인생에 껌처럼 딱 붙어 있는 수학. 이 정도면 수학과 나는 인연인가 보다. 어쩌다 보니 수학을 가르치고 있다. 제대로 가르치려다 보니 다시 수학 공부를 하고 있다. 의도하지는 않았지만, 수학으로 자기 계발이 이루어지고 있다.

대통령, 작가, 선생님, 아나운서 등 어릴 적 꿈은 다양했다. 야심찼던 어릴 적 꿈들은 어느새 잊혀져 갔고 당장 눈앞에 주어진 시험, 대입, 취업만 바라보며 살았다. 재미없는 대학전공을 선택하고 적성에 맞지 않는 직장에 다니며 무기력하게 살았다.

하지만 전업주부가 된 이후로 꾸준히 자기 계발을 하다 보니 어릴 적 꿈을 이뤘다. 책을 내고 작가가 되었다. 내 책이 베스트셀러에 올랐다. 꿈같은 일이 실제로 일어났다. 열심히 살다보니, 아이들을 가르치고 있다. 과외 수업이긴 하지만 선생님이 되었다. 어릴 적에 마음속으로만 그렸던 꿈 중에서 두 가지나 이뤘다. 전업주부가 된 이후로 쉼 없이 계속된 자기 계발 과정 덕분이다. 하고 싶은 것을 찾아서 하다 보니 이루게 된 결과이다.

누구든 망설이지 말고 자기 계발에 도전하라고 말하고 싶다. 지치고 무료했던 일상에 활력이 생길 것이다. 잔잔했던 마음의 호수에 활력의 돌멩이를 던져 긍정에너지를 얻을 수 있을 것이다.

내가 쓴 글이 책 한권으로
세상에 나왔다.
나의 생각과 마음을 독자가 이해해줬다.
공감해줬다. 위로와 공감이 마음에서
마음으로 전달되었다.

마치는 글 | Prologue

"꾸준히 글을 쓰며 인생이 달라졌다"

첫 번째 책, 〈행복은 언제나 내 곁에 있었다〉 출판 계약서를 쓰고 난 후였다. 며칠 지나지 않아 다음 책에 대한 주제가 떠올랐다. 전업주부의 무한도전, 끝없는 자기 계발에 대한 글을 써야겠다고 생각했다. 그때부터 틈틈이 글을 썼다. 많은 사람들, 특히 전업주부들과 함께 자기 계발을 하고 싶은 마음에서였다.

불행하지는 않지만, 행복하지도 않다는 글을 어디선가 봤다. 그 글을 보고, 사별이라는 엄청난 아픔, 어찌 보면 불행한 일을 겪고도 내가 행복하다고 느끼며 마음을 다 잡을 수 있었던 건 무엇 덕분이었을까 곰곰이 생각해 보았다. 10년 가까운 세월, 전업주부가 된 이후로 쉬지 않고 꾸준히 하고 싶은 걸 찾아 도전하는 과정에서 내가 단단해지고 긍정적인 사람이 된 덕분이라 결론 내렸다. 행복은 언제나 내 곁에 있었다. 소소한 행복은 당연한 것이라 여겨 그 사실을 인식하지 못했을 뿐이다.

나는 올해 마흔 살이다. 우리나라 평균수명 약 80세 중 딱 절반을 살았다. 사십 년 인생을 살다 보니, 살면서 겪게 되는 아픔, 슬픔 등이 당연한 삶의 일부라는 걸 알게 되었다. 자연스럽게 받아들이게 됐다. 나이 먹을수록 견뎌야 하는 아픔, 고난의 종류가 다양해지고 크기도 커지는데, 나는 그 아픔보다 나를 감싸고 있는 행복에 더 집중하고 있다.

전업주부가 되기 전에 나는 작은 상처에도 크게 마음을 다치고 온몸으로 아픔을 느꼈다. 고민거리나 속상한 일이 있으면 해결하려고 노력하기보다 생각을 미뤘다. 학창시절 내내, 직장생활 하는 내내, 내가 하고 싶은 것이나 잘 할 수 있는 것이 무엇인지 도저히 생각나지 않았다. 마음에 여유가 없어서였다.

전업 주부가 되고 난 후 나는 다른 사람이 되었다. 다시 태어났다고 표현해도 과언이 아니다. 남편의 외조 덕분에 전업주부가 되고 나서 마음에도 시간에도 여유가 생겼다.

내가 하고 싶은 것이 무엇인지 금방 찾았다. 하고 싶은 것이 많았다. 하고 싶은 건 당장 실행에 옮기는 추진력이 생겼다. 자기 계발 대상을 찾아 도전하며, 부정보다는 긍정에 집중하게 되었다. 엄마가 되고 아이를 키우며 심약했던 마음이 점점 단단해졌다. 전업주부가 되고 나서 비로소 제대로 된 자아를 찾았다.

전업주부가 되면서 처음으로 하고 싶었던 일은 육아에 전념하는 일이었다. 앞에서도 말했지만, 한동안 육아는 나에게 현실이자 자기 계발의 대상이었다. 아이를 키우며 십 년이 넘는 세월동안 수많은 시행착오를 겪었다. 육아라는 자기 계발 과정을 통해 힘이 생겼다. 크고 작은 고난이 왔을 때, 늘 당황스럽고 아프지만, 그래도 견딜 수 있는 마음의 힘 말이다. 육아는 아이 뿐 아니라 나 자신을 키우는 과정이 아닐까 생각한다.

필라테스를 몇 년 동안 꾸준히 하며 건강해졌다. 언젠가부터 저질 체력이 되어 조금만 움직여도 현기증이 날만큼 에너지가 방전되었던 내가, 어린 두 아들 거뜬히 독박육아 할 만큼 강철체력이 되었다.

몇 년 전, 육아에 지쳤을 때쯤 아이와도 남편과도 자주 다퉜다. 크고 작은 일로 정신건강이 무너졌다. 매사에 투덜대고 불평했다. 불안증도 있었다. 틈날 때마다 근처 산에 갔다. 시간 날 때마다 걸었다. 자연을 느끼며 걷고 또 걷다 보니 뾰족하게 성났던 마음이 진정되었다. 사사건건 불평하고 일어나지 않은 일까지 걱정하던 습관이 없어졌다.

건강한 몸은 엄청난 재산이다. 어쩌다 몸살이 나거나 체하면 온몸에 힘이 쭉 빠진다. 손가락 까딱하는 것도 힘들어서 하루 종일 침대에 누워 자다 깨다 하다 보면 어김없이 우울한 감정이 찾아온다.

꾸준한 체력계발로 체력이 강해지니 마음도 건강해졌다. 정신이 건강해지니, 긍정의 힘이 생겼다. 살아가기 훨씬 편해졌다. 내가 꾸준히 운동하며 체력계발을 할 수 밖에 없는 이유이다.

자격증에 도전하기 시작했던 건, 두 아이가 아닌 집중할 만한 다른 대상이 필요해서였다. 육아에 전념하고 싶은 마음이 굴뚝같아서 전업주부가 되기를 갈망했던 적도 있다. 전업주부가 된 후 몇 년간 육아에만 집중하면서 행복했다. 하지만, 무엇이든 적당한 것이 좋다. 아이에 대한 사랑과 관심이 넘친 탓이었을까, 육아가 힘들어졌다. 전업주부가 된 이후, 자기 계발 자체였던 육아가 나를 위기의 주부로 만들었다. 아이에 대한 생각을 줄이고 싶어서 주위를 둘러봤다. 당장 내가 할 수 있는 건 많지 않았다. 두 아이 학교에 간 동안 온라인이나 근처 청소년 수련관에서 강의를 듣고 취득할 수 있는 자격증에 도전했다. 자격증은 성실하게 시간과 노력을 들이면 합격하니 '허송세월' 에 대한 불안함이 있는 나에게 적합한 자기계발의 대상이었다. 자격증 자체가 목적이 되어 도전한 것이 아니다. 취득 후 당장 돈을 벌거나, 실생활에 활용할 수 있었던 대상을 찾았던 것이 아니다. 당시 관심 갔던 분야에 있는 자격증을 공부했다. 육아 휴직 중에 얻은 CFP 자격증을 시작으로 역사논술지도사자격증, 4개의 심리상담 관련 자격증, 테솔 자격증까지 다수의 자격증을 갖게 되었다. CFP 자격증은 은행에 다니던 당시 자연스럽게 자산관리 분야에 관심을 갖게 되어 도전했다. 은행원이면 다수가 꿈꾸는 자격증이기도 했다. 역사논술지도사 자격증은 한국사 책을 읽으며 관심 보이던 두 아이와 대화하고 싶어 도전했다. 역사 무식자였던 나는 자격증 수업을 들으며 아이가 몰랐던 역사 속 숨겨진 이야기까지 알게 되어 아이에게 들려줄 수 있었다. 독서왕 아이 앞에서 유일하게 지식을 뽐낼 수 있던 시기였다. 심리상담사 자격증은 질풍노도의 시기를 겪던 나와 큰 아이의 심리를 알 수 있을까 싶어 도전했다. 사춘기 아들과 적절한 대화법을 배울 수 있을까 하는 기대로 자격증 공부를 시작했다. 테솔 자격증은 얼마 전부터 영어를 가르치고 있다는 친한 언니의 소식에 나도 준비해 두면 좋을 것 같다는 생각이 들어 도전했다. 영어는 어릴 때부터 가까이 했던 언어이기 때문에 어렵지 않게 도전할 수 있었다.

자격증을 딸 때마다 주변에서 물었다.

"역사 가르치려고?"

"아니요."

"심리 상담하려고?"

"아니요."

"영어 선생님 하게?"

"아니요."

"그럼 왜 한 거야?"

자격증을 따서 당장 직업으로 삼을 계획이었다면, 즐기면서 자격증 공부 하지 못했을 것이다. 매번 나름의 계기가 있어 도전했다. 자격증을 취득하여 당장 돈을 벌 수 있었던 것이 아니다. 자격증 취득 후 일상에 변화가 있었던 것도 아니다. 과정이 즐거웠다. 도전 그 자체가 나에게는 기쁨이자 즐거움이 되었다. 두 아이 학교 간 동안 나 자신을 위한 시간을 쏟을 수 있어 좋았다.

자격증은 매력 있는 증서였다. 그 증서를 받는다고 당장 수중에 돈이 들어오는 것이 아니었다. 삶에 변화가 생기는 것도 아니었다. 그런데도 내 이름이 적힌 그 증서를 받는 순간 성취감이 들었다. 왠지 모를 뿌듯함이 마음에 자리 잡아 피식 웃음이 나왔다. 무엇이든 할 수 있을 것 같은 자신감이 생겼다. 마음만 먹으면 자격증 관련 일을 할 수도 있으니 전업주부이자 경력 단절녀인 나에게는 보험 들어 놓은 것 같은 안도감을 주었다. 자격증 취득을 통해 성취감, 자기만족을 느꼈다. 두 가지 감정을 느끼는 만큼 자신감이 생겼다. 무엇이든 할 수 있을 것 같은 용기가 생겼다. 그 용기가 어릴 때부터 막연하게 꿈꿔왔던 책 쓰기에 도전할 수 있게 해줬다.

내가 쓴 글이 책 한권으로 세상에 나왔다. 나의 생각과 마음을 독자가 이해해줬다. 공감해줬다. 위로와 공감이 마음에서 마음으로 전달되었다. 내가 들었던 책 쓰기 강의에서 가장 기억에 남는 말이 있다.

"매일 글을 쓰세요. 인생이 달라질 겁니다."

정말 맞는 말이었다. 매일 글을 쓰고 있다. 글쓰기는 현재 나에게 삶의 원동력이 되어 주고 있다. 어떤 감정이 휘몰아쳐 내 마음을 들쑤셔 놓아도, 짤막한 글을 쓰고 나면 원상복귀 된다. 원상복귀를 넘어 더 강하게 재건되기도 한다. 글쓰기가 주는 힘은 신기하면서도 특별하다. 나에게 운동이 체력 계발의 대상이라면, 글쓰기는 심력(마음의 힘) 계발의 대상이다.

꾸준히 글을 쓰며 인생이 달라졌다. 글을 쓰며, 더 좋은 사람이 되고자 노력하게 되었다. 내 감정을 다스릴 줄 알게 되었다. 다른 사람

눈치 보고 다른 사람 말소리에 신경 쓰던 내가 타인의 말에는 신경 쓰지 않게 되었다. 나의 글이 타인에게 살아갈 힘을 주었으면 좋겠다는 이타적인 마음까지 생겼다.

지금 이 순간도 나는 글을 쓰고 있다. 이 글을 통해 무기력했던 누군가를 일으켜 세울 수 있는 힘을 주고 싶어서이다.

전업주부가 된 후로 나는 어느 때보다 내 의지대로 열심히 살았다. 자기 계발의 대상을 찾아 도전하기를 망설이지 않았다. 결과에 상관없이 자기 계발의 과정을 통해 긍정적이고 열정적인 사람이 되었다. 덕분에 몸과 마음이 건강해졌다. 내 곁에 있는 행복을 느낄 줄 알게 되었다.

한동안은 글쓰기에 열중할 것 같다. 살다보면, 어떠한 계기로 글을 쓰지 않는 순간이 올지도 모르겠다. 그때는 다른 대상을 찾아서 도전할 것이다. 무엇을 하던지 최선을 다할 것임에 틀림없다. 그 대상이 남들이 생각하기에 별거 아닌 것일지라도 말이다.

주변에서 끝없이 도전하는 나를 보며 열정이 넘친다고 한다. 이런 열정이 식는 날이 올지도 모르겠다. 그래도 금방 나만의 자기 계발 대상을 찾아서 도전할 것이다.

이 책을 읽고 조금이라도 마음이 움직인 독자가 있다면, '무한 도전, 자기 계발'에 나와 함께 하기를 소망한다. 지치고 무료했던 일상이 조금은 흥미로워질 것이다. 마음 속 크게 자리 잡고 있던 허무함이나 상실감을 덜어낼 수 있을 것이다. 그리고 그 빈자리에 긍정과 행복이 자리 잡을 것이다.

"나와 함께 해요. 무한~ 도전!"